Michel Bergmann
Alles was war

Ein alter Mann beobachtet heimlich ein Kind. Wie der Zehnjährige morgens zur Schule geht, wie er zu Hause am Bett des kranken Vaters sitzt, der trotz schwerster Misshandlungen das KZ überlebt hat. Wie der Junge ›Moby Dick‹ liest, am Zeitungsstand neben der ›Quick‹ und ›Revue‹ die Comics entdeckt, im Café Kranzler Kakao trinkt und aus dem Klassenzimmer auf die Werbung für »Creme Mouson« schaut, daneben Frankfurt am Main in Trümmern. Wie die Jahre vergehen, das Kind zum Mann wird und gegen die übermächtige Mutter aufbegehrt, während das Land sich allmählich verändert und doch stets mit seiner dunklen Vergangenheit wird leben müssen. Wer ist der Alte, der so viel über das Leben des Jungen weiß? Michel Bergmann erzählt eine berührende Geschichte voller Magie über eine Jugend im Nachkriegsdeutschland und über das Kind in uns, das nie alt wird. Er knüpft damit an seinen großen Erfolg von ›Die Teilacher‹ an.

Michel Bergmann wurde 1945 als Kind jüdischer Eltern in einem Internierungslager in der Schweiz geboren. Aufgewachsen in Paris und Frankfurt am Main, machte Bergmann eine Ausbildung bei der Frankfurter Rundschau und wurde freier Journalist. Er entdeckte seine Liebe zum Film und begann u. a. als Autor, Regisseur und Produzent zu arbeiten. Seit über 15 Jahren schreibt er auch Drehbücher für Film und Fernsehen. Seine Trilogie um jüdisches Leben im Frankfurt am Main der Nachkriegszeit war ein großer Erfolg.

Michel Bergmann

Alles was war

Erzählung

dtv

Von Michel Bergmann sind bei
dtv außerdem erschienen:
Die Teilacher
Machloikes
Herr Klee und Herr Feld

Dank an Werner Renz vom Fritz Bauer Institut
für sein Kopfnicken zum Kapitel über Franz Bauer.

3. Auflage 2024
2015 dtv Verlagsgesellschaft mbH & Co. KG, München
© 2014 by Arche Literatur Verlag AG, Zürich-Hamburg
Umschlagkonzept: Balk & Brumshagen
Umschlaggestaltung: Wildes Blut, Atelier für Gestaltung,
Stephanie Weischer unter Verwendung eines Fotos von ullstein bild
Gesamtherstellung: Druckerei C.H.Beck, Nördlingen
(Satz nach einer Vorlage des Arche Literatur Verlags)
Gedruckt auf säurefreiem, chlorfrei gebleichtem Papier
Printed in Germany · ISBN 978-3-423-14457-5

Für Marian, den wiedergefundenen Freund.

Lech Lecha – Gehe hin!

Der Herr aber sprach zu Abraham: Gehe hin aus deinem Vaterland und von deinen Freunden und aus deines Vaters Haus in ein Land, das ich dir zeigen will. Und rufe deine Mutter an!
Genesis

Eine letzte lieblose Anmutung von Bauhaus. Mit weichen Kanten, quadratischen Sprossenfenstern und breiten Simsen. Dazu bereits das Aufkommende, das Derbe, Völkische, der Rauputz. Das mächtige Schieferdach mit seinen zu winzigen Gauben. Ein schmutzgelblicher Siedlungsbau aus den frühen Dreißigern. An der Wand des Souterrains noch die weißliche, verwitterte Handschrift des Kriegs. Ein Pfeil und LSK, Luftschutzkeller. In der Ecke neben den Mülleimern ein Emailleschild: Gasschleuse. Zutritt für Unbefugte verboten! Gasschleuse! Ausgerechnet. Daneben die rotbraune schwerfällige Haustür. Noch ist sie geschlossen. Es ist Viertel nach sieben, seine Zeit. Er wird gleich herauskommen.

Die Reise an diesen Ort ist mir schwergefallen. Nicht nur mental. Alles ist anstrengend, wenn man älter wird. Sind Sie okay, fragt eine junge Frau, als ich mich auf das Mäuerchen gegenüber setze. Ja, danke, sage ich erstaunt, alles in Ordnung. Wirklich? Wirklich. Ich wundere mich über die Höflichkeit. Selten heute, wo sich Menschen beim Gähnen nicht mehr die Hand vor den Mund halten.

Ich schaue ihr hinterher, wie sie rasch über die Straße läuft. Unsicher, mit ihren hohen Absätzen auf dem Kopfsteinpflaster. Wie alt mag sie sein? Zwanzig, dreißig, vierzig? Mit zunehmendem Alter fällt es mir schwer, Personen einzuschätzen.

Menschen, die man liebt, werden nicht älter. Im Gesicht meiner Frau sehe ich immer noch die junge Frau mit ihrem kindlichen Lächeln und ihrem klaren, neugierigen Blick. Schöne Augen, weiße Zähne, eine weiche Haut. Und ihre Haltung! Aufrecht. Würdevoll. Ja, das ist das passende Wort. Würdevoll. Unvergessen der Moment, als sie leichtfüßig die Treppe herunterkommt, in diesem umgebauten Fabrikgebäude. Und wie ich es mir so sehr wünsche, sie kennenzulernen, und wie mir dann der Zufall in die Hände spielt und sie mich irgendwann in der Kneipe anspricht und nach irgendetwas fragt und wie ich mich aufspiele und beinah alles verpatze, aus Verlegenheit. Aber die kann sie nicht erkennen, noch nicht. Sie, größer als ich, sieht lediglich diesen kleinen Wichtigtuer mit seinem bunten Schal um den Hals und seinem roten Alfa Romeo vor der Tür, wie sie später gern Freunden erzählt, wenn die fragen: Wie habt ihr euch eigentlich kennengelernt? Ja, wilde Zeiten haben wir durchlebt, in jeder Form. Haben uns und andere nicht geschont. Verrückte Dinge getan und nicht an morgen gedacht. Heute, sähe sie mich hier, würde sie sagen: Was sitzt du auf der kalten Mauer? Spitzwegerich! Das klingt für mich nach Biedermeier.

Heute trinke ich diesen Tee beinah jeden Tag. Pass auf dich auf, ruft sie mir jedes Mal nach, wenn ich die Wohnung verlasse. Wenn ich meine Frau nicht hätte, würde ich bei Eis und Schnee ohne Mütze, Schal und Handschuhe auf die Straße gehen. Ich kann (oder will) mich nicht daran gewöhnen, alt zu sein. Alt zu werden ist nicht das Problem, sondern nicht mehr jung zu sein, heißt es bei Lichtenberg.

Die Haustür wird geöffnet. Mit dem sperrigen, ledernen Schulranzen auf den schmalen Schultern läuft er aus dem Haus. Er trägt ein kariertes, kurzärmeliges Hemd, eine khakifarbene kurze Hose, Ringelsocken und Sandalen. Für seine zehn Jahre ist er etwas klein. Durch den Vorgarten auf dem Bürgersteig angekommen, rennt er los. Ins Leben. Unbeschwert. Es ist sein Tag! Wie jeder Tag sein Tag ist.

Der Junge sieht sich nicht um, kann nicht bemerken, dass sich eine Tüllgardine hinter einem Fenster im ersten Stock bewegt. Die Mutter. Sie schaut ihm besorgt nach. Sie ist immer besorgt. Sie ist misstrauisch, waidwund. Alle Menschen, die im Lager waren, haben seelische Defekte. Man nennt sie heute Traumata. Sie ist eine späte Mutter und deshalb besonders besitzergreifend. Fürsorgliche Belagerung. Du bist das Wichtigste, was ich habe. Wenn es dich nicht gäbe, für wen sollte ich dann leben? Das sagt sie zu dem Kind, selbst im Beisein des Vaters. Das macht die Last auf den schmalen Schultern nicht leichter.

Der Sohn wird Arzt, das hat sie entschieden. Und er bekommt Klavierunterricht. Ich wäre froh gewesen, ich hätte Klavierunterricht gehabt. In unserem Stetl gab's ein Klavier? Du weißt nicht, wie gut du es hast. Für wen habe ich das alles durchgemacht? Für dich! Damit du es einmal besser haben sollst. Und was ist der Dank? Ein »ausreichend« im Schönschreiben und ein »mangelhaft« in Ordnung! Im Rechnen könnte sich Ihr Sohn noch etwas anstrengen, stand im Herbstzeugnis. Stell dir vor! So eine Schande. Alle können rechnen, nur meiner nicht! Von wem hast du das? Ich unterschreibe das Zeugnis nicht. Geh zu deinem Vater. Mit dem kannst du es ja machen. An all das denkt sie nicht, als sie aus dem Fenster blickt auf ihren Sohn, ihr Alles, das sich jetzt auf den Schulweg begibt. Sie hat nur einen Wunsch: Er soll gesund zurückkommen. Aus dem Schlafzimmer hört sie leise den Vater rufen.

Der Vater. Ein pergamentener, hagerer, schwächlicher Mann mit schütterem Haar. Wochenlang liegt er im Bett, dann kommen wieder Tage, an denen er sich besser fühlt. Dann steht er auf, zieht seinen grauen Zweireiher an, der ihm inzwischen zu groß ist. Er geht in sein Geschäft. Aber er kommt wie ein Tourist. Sein Bruder kümmert sich. Es läuft so lala. Die Mutter ist unzufrieden und behauptet, deine Teilacher bescheißen dich von vorn bis hinten. Rumänen, Ungarn, Bukowiner! Was kann man da erwarten? Und dein Bruder merkt es nicht, das Schlamassel.

Er will nichts Abfälliges hören über den Bruder. Es war für ihn ein Wunder, dass sie sich wiedergefunden haben nach dem Krieg. Außerdem spendet er ihm alle vier Wochen Blut. Man kann es auch übertreiben mit der Dankbarkeit, meint die Mutter. Der Vater ist darüber enttäuscht, wie mitleidlos seine Frau sein kann. Er hält es nicht lang aus im Geschäft, die Schmerzen. Er nimmt ein Pyramidon und geht zur Hauptwache, ins Kranzler. Er liebt Cafés, er ist insgeheim ein Flaneur. Wenn er sich zu schwach fühlt, holt ihn sein Bruder mit dem vollgequalmten Opel Olympia ab. Sie gehen in einen Club am Roßmarkt und spielen Karten und trinken Tee mit gequetschter Zitrone. Wenn er nach Hause kommt, will sein Sohn wissen, ob er gewonnen hat. Ja, sagt er. Die Mutter verdreht die Augen. Meiner, der große Gewinner, denkt sie.

Im Club fragen die Freunde, wie's ihm geht. Es ist a Hin und a Her, sagt er. Was heißt, du siehst doch unberufen blendend aus, sagen sie, das blühende Leben! Hinter seinem Rücken flüstern sie: Nebbich, der macht nicht mehr lang. Das weiß er. Er hat sich abgeschrieben, er ist todkrank, er wird die Bar-Mizwa seines Sohnes nicht mehr erleben. Darüber wird nicht gesprochen, aber jeder Tag ist eine Zugabe. Er kämpft einen letzten Kampf: Entschädigungsprozess gegen die Bundesrepublik Deutschland. Sie nennen es euphemistisch Wiedergutmachung. Er will am liebsten aufgeben, aber sein Anwalt, der dicke Lubinski, gibt keine Ruhe.

Wir werden sie »zutrennen«, hört ihn der Junge einmal flüstern, was immer das bedeutet. Doch der Prozess ist mühsam und schmerzlich. Der Vater steht im düsteren Gerichtssaal. Krallt sich am Holzgeländer fest, schaut auf mürrische Männer in schwarzen Roben, kann sich kaum auf den Beinen halten und muss beweisen, dass er im KZ auf die Milz geschlagen wurde. So, auf die Milz! Sieh mal einer an! Sind Sie sicher, dass es nicht die Leber war? Oder vielleicht die Niere? Von wem sind Sie angeblich geschlagen worden? Wo? Mit was? Können Sie Namen nennen? Wann? Wie oft? Wie fest? Morgens? Abends? Gibt es Zeugen? Aha, Sie erinnern sich nicht! Wollen Sie uns das wirklich weismachen, mein Herr? An so etwas erinnert man sich doch! So reden die neuen alten deutschen Richter und Staatsanwälte mit den Juden. Genau so, wie sie früher mit ihnen geredet haben, nur dass sie sie jetzt siezen müssen.

Ehrlich gesagt, ist der Junge gar nicht unglücklich, wenn der Vater nicht aufstehen kann. Er sitzt gern an seinem Bett, liest ihm aus der Illustrierten vor oder aus einem Buch. Der Vater kennt sich aus in der Literatur. Zurzeit ist es *Moby Dick* von Melville. Der Vater kennt es bereits, für den Jungen ist es neu. Das beste Buch, das er je gelesen hat. Kapitän Ahab ist kein sympathischer Mann, das kann man wahrlich nicht behaupten, aber er ist aufrecht und hart gegen sich selbst.

Er hat ein Ziel, sagt der Vater, und das ist wichtig im Leben, du verstehst? Ein Mensch muss ein Ziel haben! Was war dein Ziel, fragt der Sohn den Vater. Mein Ziel ist gewesen, eine Frau zu finden und Kinder zu haben und ein Geschäft, das uns ernährt, und zu sehen, dass alle glücklich sind. Und? Hast du dein Ziel erreicht? Der Vater will etwas sagen, aber er kann es nicht. Der Vater hat Tränen in den Augen. Er weint oft. Das kommt vom Hirnschlag, sagt der Doktor Wolf. Da weint man gern.

Am schönsten ist es am Samstagmorgen. Dann kommt Frau Eberlein, die Masseuse, ins Haus. Das bissel Luxus, sagt die Mutter, das gönn ich uns. Im Doppelbett sitzt der Junge zwischen den Eltern, die von der resoluten, knochigen Frau durchgeknetet werden, oft unter Ahs und Ojs. Wenn der Vater sich nicht gut fühlt, ist es nur die Mutter, die bearbeitet wird. Frau Eberlein ist etwa dreißig, hat blonde störrische Locken und spricht heftigstes Frankfurterisch, in einem atemberaubenden Tempo:

Also, Sie sinn ja total verspannt, gell. Die Krankheit is kaa Ausred! Im Gecheteil. Grad Sie müsse was für Ihrn schwache Körper mache, gell. Ich hab Ihne schon hunnertma gesacht, Sie müsse auch unner de Woch mal e paar Kniebeuche mache. Und Rumpfbeuche. Unn mit der Arm schwinge, gell. Unn raus an die frisch Luft! Net denke, am Samstag kommt ja die Eberlein, die tut des schon mache. Selber aktiv sein, des isses! Des is wichtich, auch fürn Kopp, gell. Aber es hört ja kaaner uff mich. Ihr denkt, lass die nur babbele, die alt Schabrack!

Am Schluss versucht sie immer, sich den Jungen zu schnappen, um auch ihn durchzukneten, aber kreischend befreit er sich. Ein erwartetes und heißgeliebtes Ritual. Kinder verlangen stets nach Wiederholungen. Dieselben Spiele, dieselben Märchen, die gleichen Speisen. Kinder sind ja so konservativ.

Im Nebenhaus gibt es seit ein paar Monaten etwas Exotisches: ein China-Restaurant. Das erste in Frankfurt. Es heißt Shanghai und der Besitzer heißt Wang. Die Mutter rümpft die Nase, wenn der Onkel vorschlägt, da mal hinzugehen. Auch der Vater ist vorsichtig. Man kann ja nie wissen. Aber der Onkel ist abenteuerlustig. Er hat den Krieg in der französischen Fremdenlegion verbracht und schon Hammelhoden gegessen. Der Junge bewundert seinen Onkel. Nicht wegen der Hammelhoden, sondern weil er völlig angstfrei ist. Er ist auf einem Kamel geritten, hat bei El-Alamein auf Deutsche geschossen und stand, wie er lachend sagt, auf der richtigen Seite des Gewehrs. Vor allem aber hat er keine Angst vor Hunden, was bei Juden unüblich ist. Apropos Hunde. Natürlich kursieren über das Restaurant Shanghai die bizarrsten Gerüchte. Jeder verschwundene Hund wird in der Küche des China-Restaurants vermutet. Da kann Familie Wang noch so unterwürfig grüßen, wenn man vorbeigeht. Sie grüßen selbst Kinder. Das macht sie verdächtig.

Über dem China-Restaurant, im ersten Stock, wohnt Marie-Louise mit ihren Eltern. Sie ist so alt wie der Junge und nicht unhübsch, trotz der Zahnspange. Sie ist sogar humorvoll und kann Witze machen. Auch über sich selbst, obwohl sie an spinaler Kinderlähmung leidet, wie viele Kinder in diesen Jahren. Marie-Louise mag den Jungen. Manchmal besucht er das Nachbarmädchen, um mit ihm zu spielen. Die Mutter zwingt ihn dazu, weil sich das angeblich gehört. Du wirst rübergehen. Sei froh und dankbar, dass du gesund bist. Die kann nicht schön spielen, quengelt der Junge. Aber es sind nicht die Beinschienen, die das gemeinsame Spielen schwermachen, es sind die unterschiedlichen Welten, in denen kleine Mädchen und kleine Jungen leben. Mädchen wollen immer Vater-Mutter-Kind spielen, Jungen Hoppalong Cassidy. Das geht schwer zusammen. Ein Cowboy als Familienvater? Undenkbar. Und doch geschieht immer wieder ein kleines Wunder. Der Junge als Papa, Marie-Louise als Mama und der Teddy als Kind, und die Zeit verfliegt und die Mutter muss irgendwann anrufen, damit der Herr Sohn sich bequemt, endlich nach Hause zu kommen.

Die nächste Seitenstraße ist Einbahnstraße. Er schaut nach rechts, kein Auto zu sehen. In wenigen Schritten ist er auf der anderen Seite. An dem großen Postgebäude vorbei und zum Zeitungsstand. Hier bleibt er stehen. Die *Quick* oder die *Revue* interessieren ihn nicht. Es sind die Comics, die ihn magisch anziehen.

Donnerstags kommt die Lesemappe ins Haus. Dann beginnt die Jagd. Der Vater *Spiegel*, die Mutter *Film und Frau*. Der Junge schnappt sich *Das Sternchen* (»Kinder haben Sternchen gern, Sternchen ist das Kind vom Stern«) und rennt aufs Klo. Hier hat er Ruhe, kann »Jimmy das Gummipferd« anschauen und »Reinhold, das Nashorn« von Loriot. Oder Rätsel lösen. Wie heißt die Hauptstadt von Honduras? Tegucigalpa!

Manchmal kauft ihm der Vater ein *Tarzan*-Heftchen oder *Phantom*, wenn sie am Sonntagmorgen ins Café Kranzler kommen und sich einen Platz am Fenster suchen. Das Kranzler hat einen eigenen Zeitungskiosk im Pullmanwagen-Stil und eine Mamsell läuft mit einem Zigaretten-Bauchladen herum.

Betritt man das Kranzler, kommt man in eine andere Welt. Sie ist warm, riecht nach Kaffee und Zigarettenrauch. Im großen Saal spielt ein Caféhaus-Orchester. Das K.-u.-k.-Quartett, wie der Vater es ironisch nennt. Klavier, Kontrabass, Schlagzeug und dazu der feiste Ferenc, der ungarische Teufelsgeiger. Er hat gelacktes, schwarzes Haar und ein Menjoubärtchen. Regelmäßig verlässt er das Podest und geht dann auf seiner Fidel schabend von Tisch zu Tisch. Das ist dem Jungen immer peinlich. Er wird rot, wenn der Mann ihn anspielt und angrinst. Alle Augen sind dann auf ihn gerichtet. Alle erwarten, dass der Vater erst ihm und anschließend er dem Musiker Geld zusteckt. Wie im Zoo, mit den Erdnüssen am Elefantengehege, wenn sich die Rüssel fordernd nähern.

Aber der Vater überlässt den Sohn seinem Schicksal und verschwindet hinter einer Zeitung. Er spricht nicht nett über die Ungarn. Alles Nazis, sagt er. Noch kurz vor Kriegsende haben sie die Juden in die Donau getrieben. Tausende. Meinst du, der war dabei, will der Junge wissen. Ist mir egal, sagt der Vater. Er sieht jedenfalls aus wie ein Pfeilkreuzler! Klasse, denkt der Junge, Pfeilkreuzler! Er stellt sich Tempelritter vor, auf gepanzerten Pferden.

Manchmal geht auch die Chefin, Frau Ilona Kranzler, von Tisch zu Tisch und nickt huldvoll. Sie ist eine Erscheinung. Sie sieht genauso aus, wie eine Prinzipalin aussehen muss. Groß, schlank, ein edles Gesicht mit einer Raubvogelnase. Das dunkle, leicht angegraute Haar streng nach hinten zu einem eingedrehten Zopf geflochten. Vor der Brust hängt an einem dünnen Goldkettchen eine Brille, die sie hin und wieder hochnimmt, nur um über sie hinwegzuschauen! Frau Kranzler sieht alles und das Personal hat enormen Respekt vor ihr. Hier fehlt ein Spitzendeckchen, dort muss gewischt werden, dieser Gast möchte bestellen, ein anderer zahlen. Besondere Gäste begrüßt sie persönlich und erhält im Gegenzug Handküsse. Sie parliert dann in den unterschiedlichsten Sprachen. Egal ob Französisch, Englisch oder Italienisch – über allem liegt ein warmer, angenehmer, österreichischer Ton. Sie spricht so, wie ihr Kaiserschmarren aussieht: zart, weich, verführerisch, mit reichlich Puderzucker.

Es kommt bei erlesenen Gästen vor, dass Frau Kranzler mal einen Mantel entgegennimmt, einen Stuhl zurechtrückt oder eigenhändig serviert. Hin und wieder setzt sie sich zum Vater, plaudert mit ihm über Wien, über die guten alten Zeiten, die niemals gut waren, wo Wien angeblich noch Wien war. (Der Onkel erzählte gern den Witz: Da treffen sich zwei, sagt der eine, meine Schwiegermutter ist in Wien von der Tram überfahren worden. Sagt der andere: Jaja, Wien bleibt Wien!) Frau Kranzler schwärmt indes: Die Kärntner Straße, das Burgtheater, das Sacher, die Leopoldstadt. Sie benutzt Worte wie Marillen, Paradeiser, Topfen und Ribisel, was besonders komisch klingt. April achtunddreißig sind wir weg, sagt sie und ihre Stimme wird plötzlich gefährlich leise: Heute behaupten die Österreicher, sie seien die ersten Opfer Hitlers gewesen. Opfer! Ein verlogenes, hinterfotziges Pack. Bleiben Sie mir weg mit denen! Mieses Gesindel. Die schlimmsten Nazis. Frau Kranzlers Bruder Hugo ist mit dem allerletzten Transport nach Auschwitz geschickt worden und dort am Tag der Befreiung gestorben. Er war der letzte gehargete Jude, wie Frau Kranzler es nennt. Sie hat Tränen in den Augen. Sie flüstert jetzt, damit der Junge es nicht mitbekommt. Der ist in sein Heftchen vertieft und hört jedes Wort. Dann erhebt sie sich und sagt: Was kann man machen? Das sagt sie immer zum Schluss. Was kann man machen?

Viele Jahre später wird der Dokumentarfilm *Der Attentäter* gedreht, für den auch Frau Kranzler interviewt wird. Ihre Familie hat Anfang 1939, damals bereits in Paris, den berühmtesten französischen Anwalt Maître Vincent de Moro-Giafferi für Herschel Grynszpan bezahlt, damit der einen fairen Prozess bekommen soll und nicht nach Deutschland ausgeliefert wird. Leider ohne Erfolg, wie man weiß. In ihrem Apartment unweit des Centre Pompidou wird Frau Kranzler darum bitten, ihren Namen nicht auszuschreiben. Nur Loni K., bitte. Wegen dem Risches, dem Antisemitismus, wird sie sagen. Es kommt ja alles wieder. In Frankreich ist es besonders schlimm. Hier sind es die Araber. Ich gehe selten vor die Tür. Man ist ja seines Lebens nicht mehr sicher. Was kann man machen?

Jetzt erscheint das Fräulein Gertrud, die freundliche Kellnerin mit ihrer weißen Schürze und dem

Häubchen. Sie stellt die stets zu heißen Silberkännchen auf den Tisch, Kaffee für den Vater und Kakao für das Kind, das immer noch in sein Heftchen vertieft ist. Der Vater löst das Kreuzworträtsel in der Sonntagszeitung. Er schreibt jetzt mit links, weil die rechte Hand nicht mehr gut funktioniert. Sie macht, was sie will.

Einige Monate später ist der Vater tot. An einem Samstagmittag hat man ihn ins Krankenhaus gebracht, am folgenden Sonntagabend ist die Mutter nur kurz nach Hause gekommen, um frische Unterwäsche für ihn einzupacken. Er schwitzt ja nebbich so.

Als sie zurück ins Krankenhaus geht, durch den dunklen, nächtlichen Flur, und die beiden Türen zum Krankenzimmer öffnet, stehen da links und rechts neben dem Krankenbett zwei brennende Kerzen und ein Kreuz ist zu sehen! Die Hände des Vaters sind gefaltet und die Mutter schreit und rennt aus dem Zimmer und die Krankenschwester kommt gelaufen und entschuldigt sich, ist untröstlich. Der Stationsarzt wettert, weil man die Frau nicht abgefangen hat, wie es vorgesehen war, obwohl er doch ausdrücklich gesagt hatte, dass er unbedingt mit ihr sprechen muss, bevor sie das Zimmer ihres Mannes betritt. Aber jetzt ist es verpatzt. Dumme Sache. Es war so: Keiner weiß, wie es passiert ist. Schwester Waltraud stand neben seinem Bett und hat die Infusion gewechselt. Da hat er plötzlich einen tiefen Schnaufer gemacht und das war's. Niemand konnte das vorhersehen, glauben Sie mir bitte, gnädige Frau, es ist das Schicksal. Mit fünfzig, schluchzt die Mutter. Ja, Sie haben recht, das ist sehr ungerecht, das ist doch kein Alter. Ein junger Mensch noch, quasi. Aber die schwere Krankheit, nicht wahr? Man darf niemals vergessen, was er nebbich durchgemacht hat, sagt die Mutter. Der Doktor zeigt professionelle Anteilnahme. Die Mutter weint und redet. Ja. In Polen. Die Armut. Die Russen nach dem ersten Krieg. Schwere Zeiten. Dann nach Wien, dann weiter nach Frankfurt. Das Geschäft. Sich was aufgebaut, mit seinen Brüdern. Man hat es ihnen kaputtgemacht. Die Nazis. Geflohen nach Paris. Der Krieg.

Die Deutschen. Nur ein Bruder ist ihm geblieben, von sechs. Das KZ. Sachsenhausen, Buchenwald. Die Schläge auf die Milz. Das hat das ausgelöst. Die Leukämie. Dann der Hirnschlag. Ein Mensch soll das aushalten? Es war eine Erlösung, gnä' Frau, glauben Sie mir. Erlösung? Gut, das sagt sich so leicht. Wie? Die gefalteten Hände? Ach ja, bei Ihnen ist das anders. Die kriegen wir noch auseinander. Ihn auf den Boden legen? Warum? Darum! Merkwürdig. Na ja, wenn das so üblich ist in Ihrer Religion. Was? Auch kein Kreuz? Bitte schön. Wie Sie möchten. Wir haben es nur gut gemeint.

Jetzt kommt die Mauer mit der Buchsbaumhecke. Hier holt der Junge sein Wiking-Spielzeugauto aus der Hosentasche und lässt es die Mauer oben entlangfahren, für ihn eine Landstraße und die Hecke dahinter ein Wald. Brumm, brumm. Dann verschwindet das Auto wieder, die Mauer ist zu Ende.

Jetzt steht der Junge vor dem Fotogeschäft und betrachtet die Porträts im Schaufenster. Der Inhaber, Herr Rückert, kommt aus der Tür, mit der langen Kurbel für das Gitter. Aus Reklamegründen hängt er Fotos seiner Kundschaft ins Fenster. Hier findet man hin und wieder bekannte Gesichter. Auch der Junge und seine Eltern und der Onkel hingen hier schon, das war großartig. Für kurze Zeit berühmt und alle Welt konnte die Bilder sehen: He, das ist doch die nette Familie aus der Bockenheimer Landstraße, die kenn ich! Der Mann ist schwerkrank, die Mutter verrückt, der Onkel ein Hochstapler, aber der kleine Junge – ein Genie!

Der Vater besaß früher eine Leica, hat er mal Herrn Rückert erzählt, aber die haben ihm die Deutschen in Paris auf der Straße abgenommen. Einfach so. Er ist daraufhin ins Hotel Lutetia gegangen, dort saßen sie. Er solle eine schriftliche Eingabe machen, hatte man ihm empfohlen. So schrieb er also: Sehr geehrte Gestapo, es handelt sich um folgendermaßen: Heint haben mir ihre Leute aweggenommen auf der Rue Bozaris meine Leica Fotocamera, was hat gekostet a sach Geld und will ich sie haben zirick, weil das ist nicht anständig. Sehr hochächtungsvoll. Daraufhin bekam er tatsächlich ein amtliches Schreiben, aus dem hervorging, er solle sich nicht sorgen, es habe alles seine Richtigkeit. Der Fotoapparat sei jetzt Eigentum des Deutschen Reiches. Heil Hitler. Was kann man machen, würde Frau Kranzler sagen.

Herr Rückert entwickelt die Filme und macht Abzüge, die Buntfilme schickt er weg. Der Onkel hat eine Rolleiflex, da schaut man von oben rein. Er gibt die Spulen mit dem Rollfilm nur ab, während die Mutter immer ihre Zeiss Contessa mitbringt, damit Herr Rückert den Film rausnehmen kann und einen neuen einspannt, denn wenn da Licht reinfällt, ist alles zu spät. Aufgeregt wartet man dann zwei Wochen. Das ist ein besonderer Augenblick, wenn Herr Rückert die dicke Agfa-Tüte aus einer Schublade zieht, noch einmal die Nummern vergleicht und dann die verschlossene Tüte weiterreicht.

Der Vater wartet immer bis zu Hause, die Mutter reißt die Tüte sofort auf! Guck, der Papa, hier der Onkel, du in der Badehose, das war im Taunus. Ich sehe so blöd aus! Ach was, du siehst hübsch aus, du bist ein schönes Kind, bist doch mein Bubele! Aber schau mich an, *ich* sehe blöd aus! Gnä' Frau, das macht der Blitz. Da sieht keiner vorteilhaft aus. Blöd, wollten Sie sagen, Herr Rückert, aber Sie wissen, was sich gehört. Davon noch zwei Abzüge. Sehr gern, gnä' Frau.

Der Onkel handhabt das professioneller: Er lässt Herrn Rückert erst einmal Kontaktabzüge herstellen und entscheidet danach, welche Fotos gemacht werden sollen, mit weißem Zackenrand oder ohne, matt oder glänzend. So vermeidet man Bilder, die einem peinlich sind. Auf den Fotos des Onkels sind oft elegante, unbekannte Frauen zu sehen. Auf einer Bank im Wiesbadener Kurpark, im Palmengarten, im Zoo, auf der Pferderennbahn Niederrad, in Biergärten. Einmal hat Herr Rückert dem Jungen erlaubt, mit in die Dunkelkammer zu kommen. Da konnte er im rötlichen Licht sehen, wie sich auf einem weißen Blatt, das in einer Brühe liegt, langsam ein Bild entwickelt. Faszinierend. So was möchte der Junge später auch einmal machen. Ich denke, du wirst Arzt, meint Herr Rückert, jedenfalls sagt das deine Mama. Es gibt doch auch Röntgenfotos! Herr Rückert lacht.

Ein paar Jahre später, es ist ein Sommersonntag, da sitzt Herr Rückert gemütlich mit seiner Frau und seiner Tochter auf seinem Balkon im ersten Stock in der Staufenstraße. Die Sonne scheint, der Himmel ist blau, die Vögel zwitschern, es ist Nachmittag und die Familie trinkt Kaffee und isst Zwetschgenkuchen mit Schlagsahne, den Herr Rückert gerade im Café Laumer um die Ecke gekauft hat. Da fällt ein Schuss! Keiner weiß woher, keiner hat irgendjemanden gesehen. Der Querschläger trifft Herrn Rückert in den Kopf. Er fällt vom Stuhl. Die Frau springt auf, die Tochter kreischt. Nachbarn rufen die Polizei. Ein Arzt kommt aus dem Nebenhaus. Nichts mehr zu machen, sagt er. Ein VW Käfer fährt mit Blaulicht und La-lü-la-lü vor. Zwei Polizeibeamte springen raus und schwingen ihre Gummiknüppel. Minuten später macht einer Fotos, der andere stellt Fragen. Hatte Ihr Mann Feinde? In der *Abendpost* steht am nächsten Tag: »… kam es zu einem dramatischen Zwischenfall.« Der Zwischenfall wird nie aufgeklärt.

Noch aber lebt Herr Rückert, leiert das Gitter hoch und nickt dem Jungen zu, der weiterläuft. Seine Eltern sind gute Kunden. Aber schlechte Fotografen.

An der nächsten Ecke mündet der Kettenhofweg in die Bockenheimer Landstraße. Kurz vorm Opernplatz. Nach ein paar Metern kommt die Bäckerei Vogel, an der man nur schwer vorbeigehen kann. Es ist immer gemütlich warm in der Bäckerei, die Fenster sind beschlagen und es duftet verlockend!

Wenn die Mutter Brot kauft, bekommt der Junge von der rotbackigen Frau Vogel immer etwas zugesteckt. Hier gibt es die besten Amerikaner der Stadt. Warum die Amerikaner Amerikaner heißen, will der Junge wissen, aber niemand kann ihm die Frage befriedigend beantworten. Bäcker Vogel meint, der Name käme vom Backpulver, das Ammoniumhydrogencarbonat heißt, der Vater glaubt, die GIs hätten das Gebäck aus Amerika mitgebracht, weil sie keine Kreppel mögen. Der Onkel ist davon überzeugt, es habe mit der Form der US-Helme aus dem Ersten Weltkrieg zu tun. Die Mutter sagt, die Amerikaner heißen Amerikaner, weil man sie Amerikaner nennt! Das ist das Schöne an Theorien – jeder kann seine eigene haben. Egal, der Junge kauft gelegentlich bei Vogels für fünfzehn Pfennige einen Amerikaner und freut sich auf den ersten Bissen in den kühlen Zuckerguss.

Am Opernplatz das Fischgeschäft Krembsler. Man riecht es schon von weitem. Oft stellt sich der Junge ans Schaufenster und schaut in das Becken, in dem Forellen und Karpfen gelangweilt vor sich hin schwimmen. Freitags und an den Feiertagen beginnt das große Schlachten. Dann zeigt der Kunde auf einen Fisch. Herr Krembsler holt mit einer Reuse den gewünschten raus, wirft ihn auf ein blutiges Holzbrett und haut ihm kurz und herzlos auf den Kopf. Er wird in Zeitungspapier eingewickelt, fertig. Eine Selektion wie in Auschwitz, denkt der Junge. Plötzlich ist man Herr über Leben und Tod. Schrecklich.

Einmal, vor Rosh Hashana, wird ein Karpfen unterwegs wieder lebendig und beginnt in der Zeitung zu zappeln und die Mutter gerät in Panik, lässt ihn fallen und rennt weg. Ein Passant hebt ihn auf, packt ihn wieder ein und trägt ihn der Mutter nach Hause. Vor der Tür will sie dem Mann was geben, der weist das harsch zurück, er sei ein Mann von Welt. Er drückt daraufhin der Mutter verärgert den Fisch in die Hände. Die Mutter schreit: Frieda! Die kommt gelaufen. Dann wirft das Hausmädchen den Karpfen in die Badewanne. Da schwimmt er fröhlich herum. Niemand ist imstande, den Fisch zu töten. Der Hausmeister wird gerufen, Herr Sippel. Er hat nur ein Auge und das hat er auf Frieda geworfen. Für sie würde er alles tun. Er geht ins Badezimmer und macht kurzen Prozess. Genau so, wie er es mit dem Iwan gemacht hat, damals, wenn der angeschossen war. Mit der Panzerkette über den Kopf. Das hört man richtig laut knacken. Plopp! Der Hausmeister lacht.

Der Junge weiß genau, er wird kein Stück von diesem bedauernswerten Karpfen essen. Na, stell dich nicht so an, versuch wenigstens ein Stück. Noch sträubt sich das Kind. Dann kommt der Satz, der alle jüdischen Kinderherzen erweicht: Wir wären froh gewesen im Lager, wenn wir nur eine Gräte gehabt hätten. Der Junge beginnt, auf seinem Teller herumzustochern. Er schiebt sich ein Stück Fisch in den Mund. Und kaut. Immer schneller. Mutters polnische Karpfen sind unwiderstehlich.

Jetzt ist grün, der Junge rennt über die Straße. Noch vor kurzem gab es hier keine Ampel. Da stand in der Mitte der Kreuzung eine rot-weiß gestreifte Kiste und darauf Herr Seidel, der Verkehrspolizist. Manchmal hielten die Autofahrer kurz neben ihm an, um ein paar Worte zu wechseln: Na, Herr Schutzmann, wie geht's denn so? Es geht. Na, dann geht's ja. Kurz vor Weihnachten stapelten sich neben dem Beamten kleine Geschenke. Ein Bocksbeutel, Pralinen, Steinhäger, Selbstgebackenes. Niemand sprach von Bestechung oder Vorteilsnahme. Und statt eines Disziplinarverfahrens gab es unter den Polizisten einen Wettbewerb, wer der beliebteste war. Herr Seidel war immer weit vorn.

Noch eine Ampel. Schon befindet sich der Junge vor der Alten Oper, die selbst als Ruine noch beeindruckt. »Dem Wahren, Schönen, Guten« steht oben in Stein gemeißelt. (Der Onkel: Es müsste doch die guten, schönen Waren heißen!) Um das Gebäude ist ein Bretterzaun gestellt, damit Unbefugte nicht das Grundstück betreten. Einsturzgefahr. Eltern haften für ihre Kinder. Der Junge und seine Freunde waren schon oft in der Ruine. Die Stadt ist übersät mit Trümmergrundstücken und die Frankfurter Kinder sind erfahren. Es gibt kaum einen spannenderen Ort als das alte Opernhaus. Hier spielen sie Robinson Crusoe. Hin und wieder finden die Kinder Schätze. Ein Programmheft oder ein Opernglas.

Die Alte Oper. Der Magistrat will sie später irgendwann abreißen, sprengen sogar, aber dann bildet sich eine Bürgerinitiative und sammelt viele Millionen und es gelingt tatsächlich, das Haus wieder aufzubauen und in neuem Glanz erstrahlen zu lassen. So eine Aktion kann nur Erfolg haben, wenn sich der mündige Citoyen seiner Macht bewusst wird.

Dort, wo die Bockenheimer Anlage beginnt, wartet Thomas auf den Jungen. Er ist nicht nur ein Klassenkamerad, sondern auch ein Freund. Die beiden machen ab und zu gemeinsam Hausaufgaben. Wechselweise einmal bei dem Jungen, dann wieder bei Thomas zu Hause. Dessen Mutter ist eine gemütliche, kleine, rundliche Frau. Das ruhende Zentralgestirn, um das Thomas, dessen Schwester und der Vater kreisen. Der Vater, ein langer Lulatsch, der krumm geht, ist ein stadtbekannter Journalist, der eine tägliche Glosse hat, die immer mit den Worten »Als ich heute …« beginnt. Der Kettenraucher verewigt hin und wieder auch Thomas und seine Freunde in seinen Glossen. Vor ein paar Wochen kam am frühen Morgen zufällig ein Pressefotograf an den Springbrunnen in der Parkanlage und bat die beiden Jungen, die er dort vorfand, zu spielen, mit Wasser zu spritzen und herumzualbern. Nichts leichter als das. Am Tag darauf wurde das Foto in der »Nachtausgabe« unter dem Titel »Frühlingsimpression« veröffentlicht. Es folgte ein Geschrei, denn die zwei Freunde hatten für diesen Schnappschuss die ersten beiden Stunden geschwänzt.

Während Thomas' Vater dem Sohn das Taschengeld kürzt, wird in der Familie des Jungen noch über die Sanktionen verhandelt. Der Vater nimmt den Jungen zur Seite und tut so, als würde er mit ihm schimpfen. Dabei grinsen sich Vater und Sohn an. Von seiner enttäuschten Mutter allerdings wird der Junge mit Missachtung gestraft. Für einen Tag ist er Luft. Das ist tausendmal schlimmer, als weniger Taschengeld zu bekommen.

Auf einer Bank im Park schreiben sie rasch die Hausaufgaben voneinander ab. In zehn Minuten beginnt der Unterricht. Die beiden Kinder laufen über den Kiesweg in der Parkanlage, dann über die Wiese, über die Straße, auf die andere Seite und auf den Schulhof. Thomas ist schneller, weil er größer ist. Die Schule hat zwar kürzlich ein neues Gebäude erhalten und davor sammeln sich jetzt die Schüler auf dem Schulhof, aber die Klasse der Jungen haust noch immer in einem Provisorium um die Ecke, im vierten Stock einer halben Ruine.

Die Klasse hat sich eingefunden. Etwa fünfzehn Kinder, die Mädchen sind in der Überzahl. Gesittet, die Klassenlehrerin vorneweg, gehen die Kinder los. Frau Burkhard ist eine wunderbare Lehrerin, klug, einfühlsam, niemals laut und doch eine anerkannte Autorität. Sie ist Mitte vierzig, hat dunkle Locken, ein freundliches, wissbegieriges Gesicht. Sie ist Kriegerwitwe und lebt mit ihrer Tochter in Bornheim. Es kommt einmal im Jahr vor, dass sie alle Schüler ihrer Klasse zu sich nach Hause einlädt.

Dann gibt es Kakao und Marmeladenbrote und sie nimmt sich für jedes Kind Zeit. Sie war auch schon bei dem Jungen zu Hause, denn in diesen Jahren ist es nicht unüblich, dass Lehrer zu den Eltern ihrer Schüler gehen, um das soziale Umfeld und den Alltag der Kinder kennenzulernen. Deshalb weiß Frau Burkhard um die dramatische Familiengeschichte ihres einzigen jüdischen Schülers. Behutsam macht sie deshalb eines Tages die Vernichtung der Juden zum Unterrichtsthema. Aber der pädagogische Erfolg darf angezweifelt werden, denn am Ende bleibt die Frage unbeantwortet, warum sich die Juden nicht gewehrt haben. Einmal kommt Frau Burkhard zum Vater und erwirbt einen Satz Frotteehandtücher. Sie rechnet es ihm hoch an, ein Auge zugedrückt zu haben, da das Geschäft ja ein Großhandel ist. (Der Onkel: Kennen Sie den Unterschied zwischen einem Juden und einem Deutschen? Der Jude kauft im Großhandel!) Die Mutter ist eher der Meinung, die Lehrerin hat die Handtücher aus Rachmunes, also aus Mitleid, gekauft. Jedenfalls ist Frau Burkhard in den Augen der Eltern unfehlbar und kommt gleich nach dem lieben Gott. Wenn im Zeugnis steht, der Junge könnte sich im Rechnen noch etwas anstrengen, dann bedeutet das im Klartext: Wehe dem, der nicht addieren kann! Er soll geschlagen sein mit dornigen Primzahlen, alle Quadratwurzeln sollen ihm gezogen und er möge geviertelt werden! Jener aber, der zu rechnen vermag, der wird ein erfolgreicher Doktor sein, mit eigener Praxis und vielen Privatpatienten, um seine Mutter zu ehren!

Risches – Judenhass

Der Jude als Wille und Vorstellung
Moische Schopenhauer

Die Eltern haben anfangs die Absicht, ihren Sohn in die neu eröffnete Waldorfschule zu schicken, aber als sie vorsprechen, um ihr Kind anzumelden, spüren sie Ablehnung. Es ist wohl das nicht ganz lupenreine Deutsch, was spricht der Vater und was verrät die Eltern als Juden und was führt zur Verweigerungshaltung des Lehrerkollegiums. Zu erwähnen, dass der Vater außer Deutsch noch Polnisch, Russisch, Ruthenisch, Ukrainisch, Hebräisch, Englisch, Französisch, Italienisch und Jiddisch spricht, verbietet ihm seine Bescheidenheit. Später erfahren die Eltern, dass der Gründer der Waldorfbewegung, Rudolf Steiner, ein Judenfeind war, und so sind sie im Nachhinein froh, dass ihr Sohn abgelehnt wurde. Der Onkel sieht das pragmatisch: Was jammert ihr? Wenn ihr keinen Nazis begegnen wollt, müsst ihr auswandern! Damit hat er einen wunden Punkt getroffen, denn die Eltern hatten, ebenso wie alle anderen jüdischen Eltern, niemals die Absicht, in Deutschland zu bleiben. Später entschuldigt sich die Mutter vor sich und den Freunden mit dem Argument: Wir wollten bleiben? Keiner wollte bleiben! Aber was wollen Sie? Ich hatte einen kranken Mann. Nach Amerika hätte man uns reingelassen, mit ihm, so krank, wie er war? Und zurück nach Polen? Zu den Verbrechern? Erst Juden verstecken, sie dann verraten und das Geld einsacken. Heute sind sie schöne Kommunisten! Und müssen Dreck fressen. Das gönn ich ihnen. Aber es gab auch andere! Natürlich, es gibt immer andere. Nur, ich kenne keine! Und was ist mit Israel? Da hätten Sie doch hingekonnt. Israel! Bei dem Klima? Unmöglich. Da wäre er mir schon Jahre früher gestorben und ich hätte gesessen mitten in der Wüste, mit einem kleinen Kind.

Das Klassenzimmer befindet sich im vierten Stock. Für die Kinder ein mühsamer Aufstieg. Deshalb bleiben sie oft auch in der großen Pause in der Klasse. Wer am Fenster sitzt, hat einen großartigen Blick über die Straße in den Park. Am Nebengebäude, auf die Hauswand gemalt, befindet sich eine überdimensionale Werbung. Eine rotblonde Frau schmiert sich versonnen Creme auf die Wange, darunter liest man »Creme Mouson«. Dort, wo die Werbung aufhört, beginnen die Trümmer.

Der Neue steht schlaksig und verlegen vor der Klasse. Frau Burkhard stellt ihn vor. Er heißt Michael und trägt eine Brille. Wie der Junge. Die Lehrerin entscheidet, dass er und Thomas getrennt werden. Sie machen eh zu viel Unsinn. Ab heute sitzt der Neue neben ihm. Der Junge ist nicht erfreut, aber er ist ein gutgezogenes Kind und muckt nicht auf. In der Pause spricht er mit Michael, der von den anderen ignoriert wird.

Das ist immer so, wenn einer neu reinkommt. Er ist ein Fremdkörper, ein Eindringling.

Das spürt der Junge. Deshalb tut er so, als sei er interessiert. Er fühlt sich verpflichtet, sich zu kümmern. Das hat sich eingebrannt. Michaels Vater ist von seiner Firma nach Frankfurt versetzt worden. Eine Spedition. Sie wohnen in der Oberlindau. Sie haben kaum private Kontakte. Ein paar Tage später ist der Junge bei Michael eingeladen. Kakao und Streuselkuchen. Die Mutter ist eine unscheinbare Frau. Schüchtern, sprachlos. Die Stimmung bleibt verkrampft, besonders als die Frau sagt: Der Michael hat mir erzählt, dass ihr ... also, dass ihr Juden, ich meine ... jüdisch seid. Sie sagt es so, als habe der Junge in die Hose gemacht. Es klingt nach Makel und Bedauern. Warum seid ihr nicht in Israel, fragt die Frau.

Jüdisch zu sein ist eben etwas anderes als katholisch oder evangelisch. Schon das Kind spürt das. Subkutan. Das wird bleiben. Bis hinein in unsere heutige, so aufgeklärte, so digitale Zeit, in der man selbstbewusst schwul sein darf oder tätowiert oder vegetarisch. Nur die Juden, die werden von allen Seiten belehrt, was es heißt, Jude zu sein, und wie man sich als solcher zu benehmen hat. Der Täter als Bewährungshelfer. Wenn Fundamentalismus bedeutet, anderen zu diktieren, was gut für sie ist, notfalls mit Gewalt, dann sind die Juden die prominentesten Opfer des aktuellen Moralfundamentalismus. Heute kommt der Risches im Gewand des Antizionismus daher, das ist praktisch. Auf Israel herumzuhacken ist einfacher als auf der syrischen Regierung. Die kann Palästinenser in Lagern verhungern lassen, sei's drum.

Sind ja keine Juden involviert. Nein, der Moralfundamentalist schreit lieber: Boykottiert Israel! Das ist opportun und heißt doch bloß: Wehrt euch, kauft nicht bei Juden! Aber sie kaufen beim Russen, beim Türken oder beim Chinesen. Sollen sie doch Israel boykottieren. Die wenigsten wissen, dass sie dann auch auf ihre Mobiltelefone verzichten müssten. Aber, warum rege ich mich auf? Das Leben hat mich desillusioniert. Ich habe immer und immer wieder gegen den Mythos des die Welt beherrschenden Juden angekämpft, vergebens. Niemand interessiert sich für die Konfession der Vorstände von Daimler, von Siemens oder von Samsung. Auch Nokia, Ikea, Gasprom oder der ADAC sind irrelevant. Aber sobald Manager wie Zuckerberg oder Soros involviert sind, schnappt die Judenfalle zu. Dann wird die jüdische Weltherrschaft beschworen. Ich habe doch mit meinem bescheidenen Leben ausreichende Beweise dafür geliefert, dass nicht alle Juden ausgebuffte Finanzgenies sind. Zu vorgerückter Stunde auf feinen Feten wird gern die Judenkarte gezogen. Der anständige Antisemit verschafft sich Raum in der Mitte der Gesellschaft. Wissen Sie überhaupt, frage ich in diesen Momenten gern, wie viele Juden es auf der Welt gibt? 200 bis 300 Millionen, höre ich dann oft. Es sind 14 Millionen, kläre ich die staunenden Zuhörer auf. Wie sollen so wenige Menschen es schaffen, die Welt zu beherrschen? Ja, wird dann argumentiert, umso schlimmer! Obwohl es so wenige sind, versuchen sie es.

Und wieso schaffen sie es nicht, wenn sie so gut sind? Keine Antwort. Dann: Sie halten mich doch nicht für einen Antisemiten? Einige meiner engsten Freunde sind Juden. Ich bewundere Ihr Volk! Aber unter uns, was sich Israel leistet, das ist nicht anständig. Die Juden sind doch selber schuld am Antisemitismus. Die Juden müssten doch aufgrund ihrer Erfahrung am besten wissen ... Es ist zwecklos.

In ein paar Monaten wird Michael nach der Schule zu Schreibwaren Stenger gehen, wo seine Mutter als Verkäuferin arbeitet, um den Wohnungsschlüssel abzuholen. Dann wird er durch den Rothschild-Park laufen und nach Hause kommen, aufschließen und seinen Vater vorfinden, erhängt im Badezimmer! Frau Burkhard wird die Klasse zusammenrufen und mit kindgerechten Worten von dem Drama berichten. Keiner weiß warum. Schwermut, sagt die Lehrerin. Der Krieg. Ja, Kinder, da wird mancher zu Sachen gezwungen. Da geraten die Menschen aus der Spur. Da werden auch Gute zu Bösen. Die Gefangenschaft. Die Soldaten haben an Hitler geglaubt, aber er hat sie verraten. Viele werden damit nicht fertig. Entweder haben sie ein schlechtes Gewissen, oder ihre Opfer lassen sie nicht ruhen. Nach ein paar Tagen kommt Michael wieder. Seine Mutter wird wegziehen aus der Stadt, die ihr nur Unglück gebracht hat. Sie wird zurückgehen nach Solingen, wo ihre Eltern leben. Solingen muss toll sein, denkt der Junge. Da werden Schwerter geschmiedet.

Angela und Vera sind Zwillingsschwestern. Zwei kleine Püppchen mit den gleichen Kleidern und den gleichen dunklen Prinz-Eisenherz-Frisuren. Selbst bei genauem Hinsehen sind sie voneinander nicht zu unterscheiden. Eigentlich, denkt der Junge, bräuchte nur eine zur Schule zu gehen. Die Mädchen lösten sich täglich ab und keiner würde es merken. Der Vater der Zwillinge ist irgendetwas Wichtiges bei der Degussa. Als der Junge dieses Wort mal zu Hause erwähnt, wird der Vater laut und behauptet, die Degussa hätte das Zahngold der Juden tonnenweise aus Auschwitz geschleppt und eingeschmolzen und sich dadurch bereichert. Und der Lubinski würde auch gegen die Degussa klagen. Deshalb ist der Junge ungern bei Angela und Vera zu Hause, obwohl die Eltern freundlich sind und der Vater gewiss nichts mit dem Zahngold zu tun hat. Oder doch? Er hat jedenfalls einen Schmiss. Um 18 Uhr schaut die Mutter der Zwillinge auf die Uhr und schickt den kleinen Gast fort, denn gleich kommt der Mann von der anstrengenden Arbeit (Zahngold einschmelzen ist ein Knochenjob!) und man isst Abendbrot. Schinken. Das darfst du ja eh nicht!

Ganz anders bei dem Jungen zu Hause. Da fragt seine Mutter die kleinen Gäste, ob sie nicht bleiben wollen. Oder sie fragt gar nicht und tischt gleich auf. Oft ruft sie dann die Eltern an: Ich wollte Ihnen nur sagen, Sie müssen sich nicht sorgen, Ihr Kind wird bleiben zum Abendbrot bei uns. Da kommt Freude auf, denn bei Fremden schmeckt es besser als daheim.

Frieda macht Grießbrei mit Schokostreuseln. Da sitzen nun der kleine Eberhard und die kleine Sigrid in der jüdischen Küche bei jüdischem Grießbrei und schmieren sich gegenseitig voll und kreischen und benehmen sich so schlecht, wie sie es zu Hause niemals wagen würden. Und keiner schimpft. Zu dene gehst du mir net mehr! Bei dene geht's ja zu wie in der Juddeschul!, heißt es gewiss irgendwann.

Ostern 1963. In der Villa »Zahngold« in Kronberg beginnt ein neues Leben. Der Degussa-Vater ist inzwischen ein hohes Tier. Syndikus. Die Klage der Juden wurde abgeschmettert. Angela und Vera haben das Abitur bestanden. Deshalb schenken ihnen die Eltern ein nagelneues VW-Käfer-Cabriolet. Das Export-Modell mit der heißen Stoßstange. Die beiden Teenager sind außer sich vor Glück und unternehmen ihre erste lange gemeinsame Autoreise in den Süden. Was genau passiert ist, wird man nie erfahren, nur so viel: In der Schweiz fahren sie in einen Tunnel, aber kommen nicht mehr lebend heraus! Frontalzusammenstoß mit einem Bus. Weshalb, warum? Keiner kann es sagen.

Jahre später trifft der Junge zufällig seinen ehemaligen Klassenkameraden Thomas in Stuttgart wieder, der dort als Fernsehredakteur arbeitet. Zurzeit betreut er ein Fernsehspiel von und mit Samuel Beckett. Beckett? Mein Gott! Der Junge ist begeistert. Ja, sagt Thomas, du darfst mal zusehen. Aber keinen Mucks! Der Herr ist schwierig. Nach Drehschluss sitzen sie zusammen mit Beckett an einem Ecktisch in der Kantine. Zuerst das Übliche. Do you like it here in Germany? Why do you live in Paris? Nach ein paar Gläsern Trollinger fragt Thomas seinen alten Freund: Sag mal, mein Lieber, kannst du dich noch an Geli und Vera erinnern?

Geli und Vera? Die Zwillinge! So erfährt der Junge, der ja längst kein Junge mehr ist, sondern Regieassistent, vom Schicksal der zwei Mädchen. What are you talking about, you damned Krauts, lallt Beckett. Two of our class mates, twins, have died in a car accident, erklärt Thomas. They were eighteen! Beckett kippt sich den Trollinger rein und sagt: What a waste!

Das letzte Schuljahr der Volksschule steht ganz im Zeichen des bevorstehenden Wechsels auf das Gymnasium. Frau Burkhard hat den Ehrgeiz, dass alle ihre Schützlinge die Aufnahmeprüfung schaffen sollen, und trainiert deshalb unerbittlich mit den Zehnjährigen. Die meisten der Mädchen werden es auf der Bettina- oder der Elisabethenschule versuchen, also reinen Mädchenschulen. Bis auf wenige Ausnahmen wollen die Buben aufs Goethe-Gymnasium im Westend gehen.

Der Junge freut sich auf die moderne, progressive Schule, denn fast alle seine Freunde sind drauf oder gehen bald hin. Als erstes Gymnasium in Frankfurt bietet es einen musischen Zweig an. Das liegt dem Jungen. Jedenfalls sind Musik und Kunsterziehung attraktiver als Mathe und die Naturwissenschaften. Für die Mutter ist nur ausschlaggebend, dass möglichst viele jüdische Kinder diese Schule besuchen und man sich wehren kann gegen die anderen. Und dass der Sohn keinen weiten und gefahrvollen Schulweg hat. Aber all die wohligen Aussichten lösen sich binnen weniger Tage in Luft auf.

Unmittelbar nach dem Tod des Vaters, bereits in der Trauerwoche, in der Mutter und Sohn noch in

Strümpfen auf Matratzen sitzen, in der die Spiegel verhängt sind und sich der Onkel nicht mehr rasiert, übernimmt Lubinski das Kommando über die Restfamilie. Wobei ihm zugutezuhalten ist, dass er seinen verstorbenen Mandanten nicht nur als einen solchen betrachtet, sondern auch als einen Freund, dem gegenüber er sich verpflichtet fühlt. Deshalb ist es für den Anwalt eine selbstverständliche Aufgabe, sich der verzweifelten Witwe und des vaterlosen Knaben anzunehmen.

Aus diesem Grund duldet er auch keinen Widerspruch, als er am Ende der Trauerwoche vor die Mutter tritt und verkündet: Ich, der in Frankfurt weltbekannte Advocatus summa cum laude Dr. Dr. jur. Jean Lubinski, habe höchstselbst auf dem hiesigen humanistischen Gymnasium mein Einser-Abitur bestanden.

Übrigens gemeinsam mit Nahum Goldmann. Habe nun, ach! Latein, Griechisch, Hebräisch und die Naturwissenschaften erlernt und es hat mir nicht geschadet. Im Gegenteil, es hat mich geläutert und gestählt, mich zu profunder Disziplin und zielgerichteter Logik erzogen. Unverzichtbare Ingredienzien, die mich schlussendlich zu dem gemacht haben, was ich heute bin: ein wohlhabender, angesehener Bürger dieser Stadt und Justitiar der Jüdischen Gemeinde. Nicht zu reden von der Tatsache, dass ich in der Synagoge stets in der ersten Reihe zu sitzen pflege und einen Zylinder trage. Und in einem Maybach fahre ich auch! Mit Chauffeur! Punktum, Madame, Ihr Sohn wird eine traditionelle, humanistische Lehranstalt besuchen und nicht diese ... lächerliche Modeschule! Das ist was für geistig Minderbemittelte. Ihr Kind jedoch, auch wenn man es ihm nicht ansieht, ist begabt und von rascher Auffassungsgabe. Und Sie möchten doch bestimmt das Beste für Ihren Sohn, oder etwa nicht? Die Mutter, daraufhin zu keiner Antwort imstande, der Knabe ebenfalls sprachlos und voller entsetzlicher Visionen von Rohrstöcken, dunklen Schulbänken und gekachelten Fluren, hört seinen Onkel fragen: Finden Sie, dass das für den Jungen das Richtige ist? Er ist doch mehr der künstlerische Typ. Der Anwalt, so als wäre er vor Gericht, berührt mit seiner Nase fast die des Onkels, schaut ihm eiskalt in die Augen und sagt:

So wie Sie, werter Herr? Ein Leichtfuß? Ein Luftmensch? Soll er das werden? Nie und nimmer! Und dabei fuchtelt Lubinski wild mit dem Zeigefinger, ich habe dem Verstorbenen in einer seiner letzten Stunden das Versprechen gegeben, mich des Knaben anzunehmen. Und ich halte mein Wort! Für alle Anwesenden ist diese apodiktische Aussage überraschend und dem rhetorischen Talent des gerissenen Anwalts geschuldet, aber sie macht zweifellos Eindruck.

Und so begibt es sich, dass der Junge nach Ostern die gefürchtete Knabenpresse besucht, die angstauslösende, düstere, wilhelminische Trutzburg mit gewachsten und gekachelten Fluren, dunklen Bänken, zynischen Lehrern, die es in ihrer Schulzeit selbst erfahren haben, dass ein rustikaler Hieb noch keinem geschadet hat. Ebenso wenig wie ein Arrest. Seine unnahbare Klassenlehrerin trägt Lodenmantel und Lodenhut mit Gamsbart, der bevorzugte Schüler der Klasse ist zufällig ihr eigener Sohn. Sie macht kein Hehl aus ihrer Abneigung den »Hebräern« gegenüber. Der Mathematiklehrer, ein mürrischer Kriegsversehrter, wird der einarmige Bandit genannt. Die Englischlehrerin ist eine Cousine von Winifred Wagner und kann nicht nach England zurück, ohne dort verhaftet zu werden. Der Lateinlehrer Dr. Kriek ist für die Schüler »der gallige Kriek«.

Der sadistische Sportlehrer hat das Ziel, die Sextaner derart zu drillen, dass sie rückwirkend noch die Wende in Stalingrad herbeiführen. Zu Beginn des Sportunterrichts werden stets zehn Runden um das Schulgebäude gelaufen, etwa ein Halbmarathon. Einmal versteckt sich der Junge gleich nach dem Start im Kellerzugang, wartet ab, um sich erst in der letzten Runde wieder unauffällig einzureihen, wird jedoch von einem Denunzianten gemeldet. Die Folge sind zehn einsame Strafrunden vor der johlenden Truppe und ein Eintrag ins Klassenbuch wegen Zersetzung der Anstaltsordnung.

Und schließlich noch eine interessante Nachricht für die Mutter, die stets das Gute will: Ihr Sohn ist der einzige Jude auf der gesamten Schule, besser »Napola« genannt, der tägliche Weg dauert über zwei Stunden inklusive Straßenbahnfahrt auf dem Trittbrett und zweimal umsteigen.

Kasches – Fragen

Wer fragt, ist unwissend für einen Augenblick.
Wer nicht fragt, bleibt unwissend für immer.
Raschi

Kasches ist das jiddische Wort für Fragen. Kasches können nerven! Die Juden sind nicht nur das Volk des Buches, sondern auch das Volk der Fragen. (Der Onkel erzählt: Eine Bauersfrau fragt, Rabbi, die Feiertage stehen vor der Tür und ich habe einen Hahn und eine Henne. Wen soll ich schlachten? Rabbi: Schlachte die Henne! Frau: Aber kränkt sich dann nicht der Hahn? Rabbi: Dann schlachte den Hahn! Frau: Aber kränkt sich dann nicht die Henne? Rabbi: Dann soll sie sich kränken!) Die traditionellen Lehrbücher sind voller Fragen. Schon der große mittelalterliche Gelehrte des Judentums, Rabbiner Schlomo ben Isaak, genannt »Raschi«, hat in seinen Kommentaren zum Tanach und zum Talmud mehr Fragen gestellt als beantwortet. Und auch Einstein wäre nie Einstein geworden und hätte seine Weltformel niemals entdeckt, wenn er nicht Fragen gestellt und darüber hinaus andere Wissenschaftler wie Newton oder Faraday in Frage gestellt hätte. Und diese Tradition lebt in jeder Jüdin und jedem Juden fort. Das Leben selbst ist, wenn wir es genau betrachten, eine einzige Fragerei: Woher kommen wir? Wohin gehen wir? Was ist der Sinn? Braucht es überhaupt Sinn? Was wird geschehen? Was macht das Schicksal mit mir?

Inwieweit formt und verformt es mein Leben? Ist Leben das, was zwischendurch passiert? Oder ist gar das Schicksal das Leben oder vice versa? Nenne ich es nur Schicksal, um nicht verantwortlich zu sein? Bin ich verantwortlich für Dinge, die sich meinem Einfluss entziehen? Entziehen sie sich überhaupt meinem Einfluss? Wie weit reicht mein Einfluss? Oder gibt es so etwas wie eine übergeordnete Kraft? Ist das die Schöpfung? Die Natur? Das Sein an sich? Kann ich das Gott nennen? Oder G'tt, wie Juden furchtsam schreiben, weil sie dieses Phänomen für unaussprechlich halten. Was bedeutet Leben? Ist es eine Abfolge von Momenten, gleichsam den Einzelbildern eines Films? Gibt es Zufälle oder sind sie lediglich die zwingende Folge einer Handlung? Ist alles vorbestimmt? Kleben wir an einer Zeitachse wie Fliegen auf dem Leim? Ist das Leben nicht wie eine Reise in einem Zug? Er fährt von null bis irgendwo. Es gibt alles in diesem Zug: erste, zweite und dritte Klasse. Speisewagen, Toiletten, Büros, Schlafwagen. Für eine gewisse Zeit trifft man Menschen. Mit wenigen bleibt man länger zusammen. Es gibt depressive Personen, die springen aus dem fahrenden Zug. Die meisten aber bleiben bis zur Endstation. Ihrer persönlichen Endstation. Wenn die Strecke festliegt, kann ich die Dauer der Reise beeinflussen. Aber nicht das Ziel. Oder doch? Ist das Ziel das ewige Leben oder der ewige Tod? Im Tod ist Ordnung, heißt es bei Aristoteles. Aber was ist vorher? Chaos?

Warum hat der Ast nicht bereits am Boden gelegen, als Horváth über die Champs-Élysées gelaufen kam? Warum hat er sich nicht den Schuh zugebunden? Oder hat er ihn zugebunden und ist deshalb vom Ast getroffen worden? Jedenfalls ist er mit Zuckmayer verabredet, um mit ihm ins Kino zu gehen. Hätte Carl Zuckmayer nicht ausgerechnet diesen Film an jenem 1. Juni 1938 sehen wollen, könnte Ödön von Horváth noch leben. Sehen wir uns seinen letzten Lebenstag an: Zur Mittagszeit jenes Tages trifft er sich im Café Marignan mit dem Filmregisseur Robert Siodmak, um mit ihm über die Rechte an der Verfilmung seines erfolgreichen Romans *Jugend ohne Gott* zu sprechen. Horváth besteht darauf, das Drehbuch zu schreiben. Das bringt Siodmak in Bedrängnis, denn es war sein Bruder Curt, der ihn vor ein paar Monaten auf den Roman aufmerksam machte. Und der ist selbst ein bekannter Drehbuchautor. Man vertagt sich. Das ist schlecht, denn nehmen wir einmal an, die Herren hätten sich geeinigt. Sie hätten wohl im Überschwang vereinbart, am Abend gemeinsam in der Rue de Rosiers koscher essen zu gehen, als Reminiszenz an daheim. Da hätte Horváth wohl sicher seinen Freund Zuckmayer angerufen und den Kinobesuch abgesagt. So aber bleibt es bei der Verabredung. Die letzte Chance: Frau Zuckmayer fragt ihren Mann, ob er meschugge sei, bei so einem Sauwetter ins Kino zu gehen, und Zuckmayer will Horváth daraufhin anrufen und ihn fragen, ob er schon mal aus dem Fenster geschaut habe.

Aber Horváth hat kein Telefon. Deshalb ruft Zuckmayer bei der Concierge an und die sagt: Désolée, Monsieur Zückmayär, aber Monsieur Horváth ist gerade aus der Tür. Daraufhin nimmt Zuckmayer seinen Mantel und seinen Schirm, und seine Frau schüttelt den Kopf und meint, du wirst dir noch den Tod holen, bei dem Wetter. Aber wie wir wissen, hat sich Ödön von Horváth an diesem besagten Abend den Tod geholt. War es Zufall? Schicksal? Bestimmung? Oder einfach nur verdammtes Pech? Ein Mobiltelefon hätte ihm das Leben gerettet!

Jeder ist seines Glückes Schmied, sagt der Volksmund, aber der Volksmund ist vorlaut. Denn wäre dann nicht auch jeder seines Peches Schmied? Alles in unserem Universum hängt mit allem zusammen. Glück als isolierten, gleichsam aseptischen Zustand gibt es nicht. Das Glück braucht nicht nur Glück. Glück braucht Gründe: Liebe, Gefühl, Erfolg, Eindrücke, Worte, Blicke, Gegebenheiten. Man kann auch grundlos glücklich sein, aber das heißt nicht, dass es keine Gründe dafür gäbe. Wir (er)kennen sie nur nicht, sie sind uns nicht bewusst. Glück ist ein Aggregatzustand, so wie Freude und Traurigkeit. Heute wissen wir, dass alles eine Frage der Chemie ist, der Elektrolyse. Flüssigkeit bringt etwas in uns in Bewegung. Die Hormone. Endorphine, Adrenalin, Dopamine. Aminosäuren nicht zu vergessen. Sie werfen den Motor an. Synapsen werden aktiviert. Aus Gewebe und Blut entstehen Gedanken! Nichts entsteht aus dem Nichts. Und nichts vergeht. Denn wo soll es hin? Alles reagiert auf etwas, was wir Atome nennen.

Angeblich, so sagen es die Teilchenbeschleuniger aus Genf, war eine millionstel Sekunde nach dem Urknall alles bereits vorhanden und angelegt. Jede Materie, jedes Element, jedes Atom. Auch das Puzzle, aus dem wir Menschen gemacht sind. Der Mensch besteht aus Atomen, ist aber selbst in seiner Gesamtheit ein Atom, das im Zusammenspiel mit anderen Atomen funktioniert und dann Familien, Vereine, Bürgerschaften, Gesellschaften, Völker, die gesamte Menschheit bildet. Dieser gigantische Organismus ist in permanenter Bewegung. Er steht auch unter Druck und unterliegt den Bedingungen der äußeren (und auch inneren) Kräfte. Das kreiert Abhängigkeiten. Ohne diese Abhängigkeiten, die sich wiederum bedingen, wären wir nicht da, wo wir sind. Ob das wünschenswert ist, bleibt umstritten, aber wir haben keine andere Wahl. Jeder Mensch bildet ein kleines Universum im Großen. Mit Anziehungskräften und Fliehkräften, mit Dichte und Leere. Mit Masse und Strahlen. Mit Kommen und Gehen. Wer erfährt, wie ein Stern stirbt, wie seine Masse schrumpft, wie er noch ein letztes Mal heller strahlt als tausend Sonnen und in einer Supernova untergeht und am Ende ein schwarzes Loch bildet, der müsste jeden Tag Demut zeigen. Man sollte Terroristen, Rassisten, Fanatiker, Menschenverächter und weitere Psychopathen neun Monate lang Tag und Nacht vor einen Monitor setzen und ihnen in Echtzeit zeigen, wie ein Mensch entsteht. Im Talmud steht geschrieben, wenn du einen Menschen rettest, rettest du die Welt. Sollte dort nicht stehen: Wenn du einen Menschen tötest, tötest du die Welt?

Erblasten

Ich habe nur mich von meinen Vorfahren geerbt.
Jean Paul

Jedes jüdische Kind im Deutschland der Fünfziger wächst am Rand eines Massengrabs auf. Es gibt in diesen Jahren keine Familie, die nicht Menschen im Holocaust, der damals noch nicht so heißt, verloren hat. In den wenigsten Familien existieren Großeltern und voller Wehmut schauen jüdische Kinder auf die Omas und Opas ihrer deutschen Schulkameraden. Täglich hören die Kleinen zu Hause Namen wie Onkel Moische, Tante Rachel, Cousine Rifka, Cousin Bolek. Es wird viel geflüstert in diesen Jahren und von düsteren Orten wie Auschwitz, Majdanek oder Treblinka geraunt. Es wird auch viel geweint, besonders wenn jüdische Mütter sich zum Kaffeekränzchen treffen. Keine hat so gebacken wie meine Mamme selig (schluchz!), ich sehe mich noch in der Küche (schluchz!), am Erew Schabbes haben wir doch immer (schluchz!), wenn der Tatte ist wiedergekommen von der Reise, hat er uns jedes Mal (schluchz!), ja, das war was, wenn der reiche Onkel ist zu Besuch (schluchz!), Cousine Lea ist gewesen ein Genie am Klavier (schluchz!), Bruder Jankel hat gesprochen fünf Sprachen (schluchz!). Die Kinder spielen derweil nebenan, bekommen alles mit und die Last auf ihren Schultern wird immer schwerer.

Sie erhalten nicht nur die Namen der Toten und werden mit ihnen verglichen, sie werden auch mit liebevollem Nachdruck gezwungen, deren Leben weiterzuleben, viele Sprachen zu sprechen, Klavier zu spielen, Doktor zu werden und die Relativitätstheorie nachzubessern.

Und sie müssen ihre Eltern schonen. Die haben viel mitgemacht. Sie haben überlebt, um Pfeile in die Zukunft zu schießen, eine neue Generation zu erschaffen. Und diese Generation wächst mit der jüdischen Erbsünde auf. Es ist nicht die Vertreibung aus dem Paradies wie bei den Gojim. Das wäre viel zu unkompliziert, nein, es ist die Schuld, am Leben zu sein, während Millionen wertvollster Menschen nicht mehr sind. Obwohl die Eltern aufrichtig versuchen, ihren Kindern eine Zukunft zu bauen, während die meisten von ihnen stumm leiden, ist es genau dieser Zustand, den die Kinder wahrnehmen. Die Mörder haben zwar die Massengräber zugeschüttet, aber die Erde bewegt sich noch und wird sich noch in einhundert Jahren bewegen. Und es wird immer wieder Eruptionen geben und die Erinnerung wird austreten wie feinste Vulkanasche und sich ausbreiten über den Nachkommen der Opfer. Aber auch über den Familien der Täter.

In den Monaten vor seiner Bar-Mizwa lernt der Junge bei Rabbiner Aronsohn seine Parascha, seinen Wochenabschnitt, den er an seinem großen Tag vor der versammelten Gemeinde aus der Thora zu lesen genötigt wird. Zu seinem Pech ist es auch noch der längste Abschnitt des gesamten Jahres. Dafür fährt er zweimal in der Woche mit der Straßenbahn nach Bornheim und geht mit schweren Beinen und ebensolchem Herzen zur Synagoge im Baumweg. Aronsohn ist ein strenger Mann. Vom sprichwörtlichen jüdischen Humor hat er nichts abbekommen. Sein Humor besteht darin, dass er einem das Ohr umdreht, wenn man etwas nicht weiß, oder mit der flachen Hand auf den Hinterkopf haut. Es gibt mehrere Delinquenten in dem engen, muffigen Raum. Besonders auf Alex Baum, der für seine zwölf Jahre bereits ein ziemlicher Brocken ist, hat es Aronsohn abgesehen. Der Rabbi nennt ihn »Golem«, weil er ein wenig schwerfällig denkt. Stellt Baum mal eine Frage, schreit der Rabbi los und nennt es eine »Klotz-Kasche«! Also eine Frage, die nur ein hirnloser Klotz stellen kann. Dabei haben die Fragen von Alex Baum durchaus Substanz. Eines Tages fragt er: Wenn Gott erst das Licht gemacht hat, nachdem er schon die Erde geschaffen hat, wie konnte er im Dunkeln sehen? A Klotz-Kasche, schreit der Rabbi, ER sieht doch alles, auch nachts! Als der Junge das dem Onkel erzählt, sagt der: Kein Wunder, dass die Welt so aussieht, wie sie aussieht!

Den Jungen ruft der winzige, rothaarige Rabbiner nur mit seinem hebräischen Namen: »Mendel«. Auch, um ihn zu verletzen. Gleich zu Beginn hat der Rabbi die Geschichte von Menachem Mendel erzählt, einem liebenswerten Idioten aus einer Geschichte von Scholem Alejchem, dem Autor von *Anatevka*. Mendel schreibt

Briefe nach Hause und beschreibt dabei, wie er die Welt sieht. Einerseits einfältig und naiv, aber auch punktgenau. Was Rabbi Aronsohn also als Kränkung gemeint hat, kommt bei dem Jungen als solche nicht an. Er mag die Figur des Menachem Mendel. Die Nachmittage bei Rabbi Aronsohn sind belastend und demütigend. Die Aussicht auf die Bar-Mizwa-Feier weckt zwiespältige Gefühle bei dem Zwölfjährigen. Einerseits freut er sich auf die Geschenke, auch freut er sich für seine Mutter, die seit zwei Jahren Witwe ist und mit diesem Ereignis dokumentiert, dass sie ein vollwertiges Elternpaar zu ersetzen vermag. Aber tief in seiner Seele weiß der Junge, dass er diese endlose Parascha nicht aus Überzeugung und Glauben auswendig lernt, sondern aus dem Zwang der moralischen Tradition heraus. Kurz, er muss seinen Abschnitt auch für die Toten aufsagen.

Jeden Samstagnachmittag findet sich der Junge bei Dr. Dr. Lubinski ein, der ein Ziehvater geworden ist und darauf achtet, dass alles seinen tradierten Gang geht. Dann steht der Junge schüchtern im düsteren, holzgetäfelten Arbeitszimmer des präpotenten Anwalts und berichtet vom Fortgang seiner religiösen Erziehung.

Hin und wieder wird er von Lubinski zu heiklen Passagen in der Parascha abgefragt. Nicht genug, dass er sie auswendig aufsagen und singsangen muss, er muss auch Interpretationen liefern. Was will uns die Thora an dieser Stelle sagen? Der Junge ist zögerlich. Lubinski weiter: Wirft der Herr Noah raus oder warnt er ihn? Ich denke mal, sagt der Junge, er fordert ihn auf.

Aber warum? Der Junge ist unsicher, dann sagt er: Gott hätte ihn vernünftig warnen können und sagen, gleich wird's hier ziemlich nass, aber er spricht in Rätseln. Der Anwalt nickt. Und warum? Keine Ahnung. Weil er die Menschen zur Selbständigkeit erziehen will! Ich habe euch das alles hingestellt, aber jetzt müsst ihr selber zusehen, was ihr daraus macht. Kapiert? Der Junge nickt und denkt sich: Immer findet Lubinski für Gott eine Entschuldigung. Kunststück, als Anwalt! Darüber hinaus informiert er sich über die schulischen Leistungen seines Mündels, das jeden Tag in die ungeliebte Schule geht, um sich mit Griechen und Römern herumzuschlagen. Schließlich erkundigt er sich auch noch nach dem Fortgang der Rede, die der Junge halten wird. Die Erwartung ist groß. Die Mutter soll geehrt werden, Lubinski bedankt und auch die Toten dürfen nicht unerwähnt bleiben. Die ruhmreiche jüdische Vergangenheit muss ebenso glorifiziert wie die Zukunft beschworen werden. Ein schwieriger Spagat für einen mosaischen Knaben auf dem Weg zum Mann.

Am Ende des Nachmittags gibt es für ihn und Lubinskis hübsche Tochter Juliette Limonade. Das Mädchen, ein normales jüdisches Wunderkind, spielt Klavier, spricht mit den Eltern Französisch und ist, wie kann es anders sein, Klassenbeste. Nachdem sie eine Klasse übersprungen hat, versteht sich. Juliette hat einen eigenen weißen Braun-Plattenspieler in ihrem weißen Schleiflack-Mädchenzimmer. Und so hören sie Hits aus dieser Zeit, wie den *Banana-Boat-Song* von Harry Belafonte. Irgendwann kommt die gestrenge

Frau Lubinski ins Zimmer und ruft: Daaayyyoooo! Ich kann es nicht mehr hören! Ihr werdet noch verblöden! Bevor das eintritt, muss der Junge die Villa der Lubinskis verlassen und sich auf den Heimweg zu seiner Mutter machen. Bei ihr kann er endlich alle intellektuellen Herausforderungen zurückstellen und sich auf die relevanten Fragen des Daseins konzentrieren: Darf man salzen, bevor man die Suppe probiert hat?

Panuße – Geschäft

Ein Geschäft eröffnen ist leicht.
Schwer ist, es geöffnet zu halten.
Aus Galizien

Der Junge macht sich auf den Heimweg, aber nicht wie üblicherweise durch die Parkanlage zurück nach Hause, sondern heute Richtung Innenstadt. Am Eschenheimer Turm die Schillerstraße runter. Am Börsenplatz biegt er ab und landet vor Weinhebers Antiquitätengeschäft. Frau Weinheber ist eine gute Freundin der Mutter. Wie so oft sitzt sie auch heute in einem Louisseize-Sessel vor ihrem Laden, als ihre eigene Reklame. Sie ist eine gelassene Person, lebensklug und dabei hintergründig. Sie lässt fünfe gerade sein. Ihr Mann ist Architekt und ein begabter Maler dazu. Sie richtet Grüße an die Mutter aus und der Junge läuft weiter. Er landet irgendwann in der Goethestraße. An der Ecke die Buchhandlung, wo man den Jungen bereits als eifrigen Leser kennt. Schräg gegenüber der Juwelierladen der Perlmanns. Deren Sohn Marian ist sein bester Freund. Die Perlmanns wohnen im Nebenhaus. Klingklong geht die Türklingel. Der Junge betritt den kleinen, edlen Laden. Aus dem Hinterzimmer kommt Herr Perlmann, ein großer, gutaussehender Mann, ein

Doppelgänger von Dean Martin. Nein, Marian sei nicht hier, sondern zu Hause, erfährt der Junge.

Darf ich trotzdem mal? Perlmann kennt das Ritual und nickt. Schnell läuft der Junge ins Hinterzimmer und schaut durch den großen Barockspiegel, der von dieser Seite durchsichtig ist, so dass man in den Verkaufsraum sehen, aber nicht gesehen werden kann. Herr Perlmann macht Grimassen und winkt dem Jungen zu.

Nach zweihundert Metern steht der Junge vor dem Geschäft seiner Mutter. Es befindet sich im ersten Stock eines eindrucksvollen Bürogebäudes aus der Gründerzeit. Im Erdgeschoss ein Pelzgeschäft, daneben der Eingang zum Treppenhaus. Noch immer steht der Name des Vaters auf dem Firmenschild und darunter »Wäschegroßhandel«. Mit flinken Schritten ist der Junge nach oben gelaufen. Er klingelt an der mächtigen, mehrfach gesicherten Tür. Man hört ein Brummen, der Junge wirft sich gegen die Tür und verschwindet im Dunkeln.

Das Geschäft besteht aus drei Räumen. Der rechte dient als Lagerraum mit hohen Regalen voller Wäsche und Stoffballen. Der mittlere ist der Verkaufsraum mit einem langen breiten Tisch, der auch als Tresen dient. Darüber flackert und brummt schon seit Menschengedenken eine Neonröhre. Links davon kommt man ins eigentliche Büro, das zur Straße liegt. Es hat zwei große, von den breiten Fensterbrettern bis zur Decke reichende, oben abgerundete metallene Sprossenfenster. Sie erinnern an die Fenster einer US-Zeitungsredaktion, wie man sie aus den Filmen kennt.

Zwei mächtige Schreibtische stehen einander gegenüber, darauf zwei schwarze Telefone und allerlei Papierkram und Aktenordner. An einem der Schreibtische sitzt die Mutter. Sie trägt einen geöffneten weißen Kittel. Seit der Vater tot ist, sieht man sie niemals ohne Kippe im Mund. Egal ob sie redet, telefoniert oder sich schminkt. Sie raucht selbst unter der Dusche. Sie ist eine unerhört schöne Frau. Schwarze Haare, dunkler Teint, rote Lippen, dunkle, leidenschaftliche Augen. Vollbusig, tolle Beine, eins zweiundsechzig groß. Das Geschäftsleben und die Tatsache, ins kalte Wasser gesprungen zu sein, haben sie verhärtet. Im Gegensatz zum Vater ist sie fürs Geschäft gemacht, ohne dass sie es vorher gewusst hatte. Sie kann verhandeln, kann nein sagen, hat die Finanzen im Griff. Und sie hat keine Angst, sich unbeliebt zu machen. Kürzlich kommt ein Kunde rein, ein Deutscher, und sagt zu ihr: Oh, Sie sind ja so schön braun! Daraufhin die Mutter: Früher waren Sie braun, jetzt bin ich braun! Das sitzt. Einmal hört sie in der Straßenbahn einen Mann abfällige Bemerkungen über Juden machen. Sie zieht an der Klingelschnur, die Bahn hält kreischend an und die Mutter sagt zu dem Mann: So, hier steigst du aus, du Stück Dreck! Der Mann wird feuerrot und trollt sich. Dann klingelt sie wieder und die Bahn fährt los. Ja, Mutter lässt sich nichts gefallen. Sie haben mich lang genug getreten, jetzt trete ich!

Als der Vater stirbt, arbeitet hier ein Dutzend jüdischer Handelsvertreter, sogenannte Teilacher: Verständig, Fajnbrot, Szoros, Pick, Süskind, Eifir, Felson,

Zelasnik, Geisel, Lustig und Waldvogel. Der zwölfte Mann ist der Onkel. Der sich eigentlich um die Organisation kümmern soll und die Mutter entlasten. Aber er erweist sich als unfähig. So schickt ihn die Mutter wieder auf Tour und holt sich Herrn Nötzold. Er ist ein Deutscher, ein Sachse, ein Goj! Alle sind entsetzt, aber die Mutter lässt sich nicht beirren. Er ist zuverlässiger als ihr alle zusammen! Und wo war er im Krieg, Ihr Herr Buchhalter, will einer frech wissen. Ich frag nicht, antwortet die Mutter lakonisch. Eine Sekretärin gibt es auch, Fräulein Michel. Sie war schon in den zwanziger Jahren bei den Gebrüdern angestellt, da war sie noch jung. Jetzt ist sie fünfundfünfzig und desillusioniert. Leise, nachgiebig, mit Dutt. Der Onkel und sie hatten mal eine Affäre, heißt es. Das war vor Hitler.

Nach dem Krieg haben die beiden übrig gebliebenen Brüder sie gesucht und gefunden und seitdem ist sie wieder mit an Bord. Sie kann Steno, schreibt flott auf der Adler, mit drei Durchschlägen, weiß, gelb, grün. Sie kocht Kaffee und Tee, schmiert Brote und ist für die Teilacher das, was die Mutter für die Männer nie sein kann: eine Mutter. Die ist, wenn es sein muss, dermaßen unerbittlich, dass es selbst dem Onkel peinlich ist. Überhaupt, der Onkel. Er ist ein verdammt guter Wäscheverkäufer. Seine Haus-zu-Haus-Touren sind wahre Meisterstücke des absurden Theaters.

Er gibt sich als Arzt aus, als Kriegskamerad, als Blinder oder er behauptet sogar, jeder Bürger sei gesetzlich dazu verpflichtet, ein Aussteuerpaket zu kaufen. Aber um ein Geschäft zu führen, fehlt ihm die Begabung. Nach dem Tod seines Bruders hat er sich redlich bemüht, seiner Schwägerin ein hilfreicher Partner zu sein, aber es war ein Bärendienst. Der Onkel ist ungeeignet. Er ist charmant, schlagfertig, ein großartiger Witzeerzähler, ein hervorragender Kartenspieler, kennt sich mit Rennpferden aus. Er wettet auf alles. Ob es gleich regnet, ob die Eintracht gewinnt, ob als Nächstes die Linie 2 oder die 3 durch die Goethestraße gefahren kommt. Oft erscheint er im Wäschelager und ruft einem der Teilacher zu: Gerade oder ungerade? Dann antwortet einer und ruft: Gerade! Dann greift der Onkel in die Tasche, holt einen Zehnmarkschein raus, schaut auf die Nummer und gibt dann den Schein wortlos weiter oder erhält selbst einen Zehner. Vor allem aber ist er ein »homme de femmes«, wie die Franzosen zu sagen pflegen. Heutzutage würde man ihn wohl einen Womanizer nennen. Er sieht rasend gut aus. Silbernes, zurückgekämmtes und gegeltes Haar, ein klassisches Gesicht, elegant gekleidet. Man darf dir nie ansehen, dass du auf Zures bist, lautet sein Motto, das riechen die Kunden. Er ist gebildet und spricht druckreif. Einige der Teilacher vermuten, dass er und die Mutter ... man will ja nichts gesagt haben! Der Junge wünscht sich das heimlich, denn er bewundert seinen Onkel und eifert ihm nach.

Doch er muss erkennen, dass die Mutter den Onkel zwar ansprechend und unterhaltsam findet, ihn jedoch für einen nicht sonderlich krisenfesten Menschen hält. Außerdem hat er ein gestörtes Verhältnis zum Geld und gibt es gern aus. Selbst wenn er keins hat. Irgendwann macht der Junge der Mutter den Vorschlag, den Onkel zu heiraten. Die Mutter ist baff. Wie kommst du darauf? Na, du müsstest nicht den Namen wechseln! Sie lacht. Ich? Heiraten? Deinen Onkel? Nie und nimmer! Diesen Schlemihl!

Zwanzig Jahre danach wird der Schlemihl im Jüdischen Altersheim in seinem kargen Zimmer sitzen. Nachdem er sich schon lang mit den Folgen seiner Parkinson'schen Krankheit abgefunden hat, leidet er nun auch noch an Lungenkrebs im Endstadium. Deshalb lässt er sich das Rauchen nicht verbieten. Auch nicht von seinem Neffen, der inzwischen in einer anderen Stadt lebt, ihn aber hin und wieder besucht. Nachdem der Onkel lange und ausgiebig gehustet hat, sprechen sie über früher, über die alten Zeiten. Da fällt dem Onkel ein, dass er dem Neffen sein Fotoalbum geben möchte. Mühsam erhebt er sich (er will sich nicht helfen lassen), schlurft zur Kommode und holt das verschlissene Lederalbum hervor. Ich geb's dir lieber mit warmer als mit kalter Hand, sagt der Onkel. Fünf Tage später erhält der Neffe den Anruf. Er ist heute Nacht gestorben, sagt der Heimleiter. Ich komme, sagt der junge Mann. Er legt auf. Neben dem Telefon liegt noch die Plastiktüte mit dem Fotoalbum.

Chaverim – Freunde

Ein jeder Tag sei der Anfang unserer Freundschaft!
Corneille

Sie wohnen erst seit ein paar Tagen in der neuen, großen Wohnung im Westend. Während die Eltern den Umzug wie eine Befreiung erleben, wie den Beginn einer neuen Zeit, ist der kleine Junge traurig. Kinder sind dort zu Hause, wo sie spielen und sich in andere Welten träumen können. Das halbzerstörte Rothschild-Krankenhaus war für ihn kein Flüchtlingslager, sondern ein Abenteuerspielplatz mit einem verwilderten Park, endlosen Fluren und Türen, hinter denen es Geheimnisse zu entdecken gab. Selbst der entsetzliche Sturz auf der baufälligen Treppe vor ein paar Monaten, bei dem sich der Junge eine schwere Gehirnerschütterung zuzog sowie Verletzungen durch die Glassplitter seiner Brille, verschwindet in seinen Erinnerungen hinter einem Schleier der Sehnsucht.

Ein Frühlingstag. Der Junge ist sechs Jahre alt. Er steht auf dem Balkon und schaut durch die Gitterstäbe in den Innenhof, in den die ersten Sonnenstrahlen fallen. Links die steile Garagenabfahrt, daran anschließend das große geteerte Flachdach, der Nachbargarten mit den Teppichstangen. Auf dem sandigen Boden sitzt ein kleiner Junge, spielt mit einem überdimensionalen hölzernen Lastauto. Mit einer Schaufel belädt er den Wagen.

Dann dreht er an einem Rädchen, der Kipper stellt sich auf, Sand und Kies rinnen hinunter. Dann geht alles wieder von vorn los, schaufeln, beladen, kippen. Das Kind auf dem Balkon ist fasziniert und kann den Blick nicht abwenden. Wie ein junger Hund, der auf andere junge Hunde schaut. Auf seinen Schultern spürt er die Hände seiner Mutter. Geh doch runter und spiel mit ihm, sagt sie. Aber das Kind ist schüchtern. Es dreht sich um, vergräbt sein Gesicht verlegen im Schoß der Mutter. Die lacht. Spiel mit ihm. Er heißt Marian, er ist jüdisch. Wie du.

Nach wenigen Stunden sind die beiden Buben unzertrennlich. Der Junge ist von nun an fast mehr bei den Nachbarn als bei sich zu Hause. Marian ist zwei Jahre jünger, aber das verspielt sich, im Sinne des Wortes. Mit einem Schlag sind die Erinnerungen an die Zeit im Jüdischen Krankenhaus verschwunden, jeder Tag in dieser neuen, aufregenden Welt ist wie ein gesamtes Leben. Die Nachmittage sind endlos. Die Kinder durchstreifen Trümmergrundstücke in der nahen Umgebung, werden zu Piraten auf fernen Inseln. Sie erkunden jeden Winkel der weitläufigen Siedlung, ärgern den Hausmeister, den einäugigen Zyklopen, rufen »Nazi, Nazi, bist ein alter Nazi!« und rennen davon. Sie beobachten die Handwerker in der Autowerkstatt an der Ecke, die Aktivitäten an der Esso-Zapfsäule auf dem Bürgersteig. Später dürfen sie einkaufen gehen bei Feinkost Benecke, wo sie immer einen Bonbon bekommen. Es gibt Milch in Kannen und Joghurt in dicken Gläsern.

Einmal belauschen sie Maurer, die auf einem Gerüst stehen und die Einschusslöcher in der Fassade verputzen, die Spuren des Kriegs beseitigen. Widder so e Juddenest, sagt einer. Am Abend fragt der Junge die Eltern, was ein Juddenest ist. Keine Ahnung, sagt die Mutter, woher hast du das? Am folgenden Tag, um sieben in der Früh, steht die Mutter auf dem Gerüst! Der Maurer windet sich. So tun wir Handwerker das als nenne, hier die Löcher, die verschwinde müsse, sagt er verlegen mit hochrotem Kopf, aber des ist net persönlich gemeint, gell. Wenn ich das Wort noch einmal höre, schmeiße ich Sie eigenhändig vom Gerüst, sagt die Mutter.

Sie spielen mit Jürgen aus dem Parterre und Norbert aus dem zweiten Stock, aber die deutschen Kinder spielen anders. Derber, rustikaler. Wollen immer Krieg spielen. Am liebsten sind sie nur zu zweit. Ihre Herzen schlagen im gleichen Takt. Sie lernen das Fahrradfahren. In diesen Jahren gibt es nur wenige Autos auf den Straßen und man kann gefahrlos Ball spielen. Marian Perlmann hat die schöneren Spielsachen, sein Vater das größere Auto. Dafür ist Friedas schlesischer Käsekuchen nicht zu überbieten. Das Verhältnis der Kinder ist schon symbiotisch zu nennen. Jeder Junge ist das Idol des anderen. Sie lachen viel. Dabei bleiben die Eltern der beiden stets auf höflicher Distanz. Marians Mutter ist eine schöne, unbestechliche Frau mit einer sanften, aber eindeutigen Stimme.

Im Herbst, an den hohen Feiertagen, werden die Kinder rausgeputzt und die Erwachsenen machen sich schick und eine Prozession setzt sich in Bewegung zur Synagoge in der Freiherr-vom-Stein-Straße. Jürgen, Norbert und die anderen stehen in kurzen Hosen am Straßenrand und glotzen und wundern sich über die komischen Juden, die im September dunkle Kleidung tragen und Neujahr feiern. Ohne Knallfrösche und Konfetti. Und darüber, dass sie Bücher in Zeitungspapier eingewickelt haben. In der Westend-Synagoge sind die Freunde zusammen, bewundern ihre Väter, die hin und her schaukeln, sehen hinauf zum Balkon, beobachten ihre eleganten Mütter, spielen Verstecken hinter den dicken Säulen und im Innenhof. Hier treffen sie auch andere Kinder. Die verschiedenen Leos und Henjos, die Emmy, den Danny, den Jules, die Minka, den Max, den Stefan, die Juliette und die Maria. Serge, Sonja, Sammy, Benek, Feli, Jurek, Adam, Bluma, Marek, Hannah, David und Mike. Und Efi und seinen kleinen Bruder Arie. Aber so gut man sich auch versteht, die Freundschaft des Jungen mit Marian ist unerschütterlich fest und eng.

Nach erfolglosem Klavierspiel beginnt der Junge mit vierzehn Jahren, sich fürs Schlagzeug zu interessieren, und gründet bald darauf mit den Nachbarsjungen Jörn (Gitarre und Banjo), Ulli (Klarinette und Saxophon), Michael (Bass) und Bimbo (Trompete) eine Band. Der ehemalige Luftschutzkeller des Hauses wird zum Übungsraum, später auch zum Knutschkeller.

Freund Marian wird ein erster Fan der Band und entschließt sich irgendwann, es ebenfalls mit dem Schlagzeug zu probieren. Das verunsichert den Jungen sehr, denn nach relativ kurzer Zeit ist der Freund der beste Drummer der Straße, dann des Westends, dann der Stadt und seine Anwesenheit hemmt ihn. Es ist wie beim Hasen und beim Igel: Egal ob Permutation, Odd-Times, Bossa nova oder Beat – Marian kann es schon, bevor der Junge seine ersten ungelenken Versuche startet. Es ist den anderen nicht verborgen geblieben, dass der bessere Drummer im Keller in der Ecke kauert, zuhört und mit dem Fuß wippt. Das führt zu Spannungen. Mit achtzehn gibt der Junge die Musik auf, verkauft das Schlagzeug, geht zur Fahrschule. Am Tag der Prüfung kommt er bereits heimlich mit einem eigenen schrottreifen Mercedes 180, den ihm der Onkel spendiert hat … und rasselt durch! Und das, obwohl er mit dem Onkel heimlich im Stadtwald geübt hat. Nach der vermasselten Prüfung würgt er den Wagen ab, vermutlich aus Frust. Hinter ihm tauchen Polizeibeamte auf und schieben ihn an! Uff! Vier Wochen später hat er endlich den ersehnten Führerschein. Das eröffnet ihm ein anderes Leben. Neue Cliquen, Partys, Mädchen. Die Erfahrungen mit der Liebe sind zwangsläufig der Niedergang der Jungenfreundschaft. Mädchen sind fordernd, sie verlangen, dass die Jungs sich für sie entscheiden. Die Freundschaft mit Marian versickert im Sand der Zeit. Erst Äonen später werden sie sich wiedersehen. Und es wird sein wie am ersten Tag.

Punims – Gesichter

Im selben Gesicht erblickt jeder einen anderen Menschen.

Sunt lacrimae rerum, sagt Äneas leise, in allen Dingen sind Tränen. Seine Freunde haben ihn vor ein überdimensionales Wandgemälde geführt, auf dem der Untergang von Troja, seiner Familie, seiner Welt zu sehen ist. Alles auf diesem Bild hat aufgehört zu existieren. Nur Äneas hat das Schlachten überlebt. Er hat die Asche des letzten Toten gesehen. Wie können Fremde und Nachgeborene empfinden, was ein anderer mit seinen eigenen Augen erfahren hat? So muss es der Mutter ergehen, als sie dem Jungen die Fotografie zeigt, die sie über die Zeit retten konnte. Sie weiß noch gut, wie ihre jüngste Schwester sprach, wie ihr Bruder pfiff, wie das Zimmer roch. Sie hört den Gesang ihrer Mutter und das ungeduldige Rufen ihres Vaters. Sie sieht sich als kleines Mädchen auf seinem Schoß. Das Haus, die kleine Gasse, die Nachbarskinder, der Kater Motek. All das findet sie in einem einzigen Bild, auf dem zwei Menschen zu sehen sind. Die Frau sitzt, der Mann steht neben ihr. Sie schauen ernst und gefasst. Rosel und Henry. Die Eltern der Mutter, die Großeltern des Jungen. Der schaut lediglich in zwei Gesichter, die Mutter aber erkennt ihre Kindheit, ihre Jugend, ihre kleine Welt wieder und kann nie vergessen, wie sie unterging.

Dass ein Tag anfängt wie jeder Tag im Sommer, dass die Vögel zwitschern, die Sonne langsam aufsteigt, der Tau von den Gräsern verschwindet, dass die Bienen summen und dass Menschen um dich herum sind, die wenige Stunden später alle tot sein werden, und dass die Sonne wieder untergeht am Abend dieses einen Tages, so wie an jedem anderen Tag, der folgen wird.

Als die deutschen Einsatztruppen abgezogen sind, kriechen Menschen aus Verstecken und zählen ihre Toten. Dreihundertfünfundfünfzig. Ein einziger Schrei des Schmerzes legt sich über das Städtchen. Dann Lärm und Schüsse – und plötzlich sind sie da! Wie aus dem Nichts. Sie schlachten die Überlebenden ab. Sie rennen grölend in die Häuser und rauben alles. Sie schänden die Toten, ziehen ihnen Ringe ab, greifen gierig nach Uhren, nehmen das blutgetränkte Geld. Wer, fragt der Sohn. Die Ukrainer, sagt die Mutter, die waren die Schlimmsten! Ich denke, die SS waren die Schlimmsten oder die Ungarn. Oder die Polen? Oder die Österreicher? Oder die Litauer? Alle waren die Schlimmsten, sagt die Mutter. Für sie bleibt der Kummer, für den, der zuhört, vergeht er.

Der Onkel ist ins Geschäft gekommen. Er zwickt den Jungen in die Wange und ruft: Bubele! Das macht er immer. Und er erzählt seine Witze. (Herr Kohn, sagt der Ober zum Gast, ich habe Sie ja lange nicht bei uns gesehen! Stimmt, aber mein Zahnarzt hat gesagt, ich soll mal vier Wochen auf der anderen Seite essen!) Keiner lacht, außer dem Jungen. Weißt du, was wir machen?

Wir werden zusammen was essen gehen in der Fressgasse, wie zwei Gentlemen, sagt der Onkel, nur wir beide, hm, was meinst du? Bevor der Junge sich freuen kann, hat die Mutter nein gesagt. Das Kind geht nach Hause. Frieda hat gekocht. Denkst du, ich bezahle sie umsonst? Der Onkel knickt ein. Das nächste Mal. Der Junge schnappt sich seinen Ranzen und geht wortlos.

Bei Grossers Kurzwarenladen bleibt er einen Moment stehen und schaut durch das Schaufenster. Maxele, ein Spielkamerad, ist nicht zu sehen. Der Junge läuft weiter über den Opernplatz, die Bockenheimer Landstraße runter, die Kastanienbäume blühen.

Der Junge klingelt an der Haustür, ein Brummen, er wirft sich gegen die Tür. Rennt die Treppe hoch. Nur ein paar Stufen, dann ist er im Erdgeschoss, wo Dr. Wolf seine Praxis hat. Der Hausflur ist sein Wartezimmer. Der Junge rennt an den wartenden Patienten vorbei in den ersten Stock. Die Wohnungstür mit der rosa Spanngardine steht offen.

Der Junge kommt rein, knallt die Tür hinter sich zu, lässt den Ranzen im Flur fallen. Er läuft in die Küche, wo Frieda am Herd steht. Wasch dir die Hände, sagt die winzige, dünne Frau in der Kittelschürze, ohne ihn anzusehen. Das sagt sie jeden Tag. Frieda ist dreiundzwanzig, sieht aber noch aus wie ein Backfisch. Sie hat braune Naturlocken, eine Stupsnase und ein fliehendes

Kinn. Sie spricht leise und stets schwingt in der Stimme Unsicherheit mit. Frieda, Sie sind zu gut, sagt die Mutter oft zum Hausmädchen, Gutmütigkeit ist ein Stück Dummheit.

    Für den Jungen ist sie wie eine große Schwester. Sie ist seine Vertraute und seine heimliche Liebe. Sie ist fleißig. Kommt morgens um halb sieben aus ihrem Mansardenzimmer, kocht, putzt, wäscht und singt dabei noch exotische Lieder aus ihrer schlesischen Heimat, die jetzt zu Polen gehört. Frieda ist seit sechs Jahren bei der Familie.

Weihnukka

Es begab sich zu der Zeit, als ein Aufruf erging,
dass alle Welt geschätzt wurde.
Lukas 2,1

Die Eltern des Jungen werden nicht geschätzt. Im Gegenteil. Sie sind unbeliebt bei den Deutschen, weil sie sich erinnern. Sie wohnen im Jahr 1949 als Flüchtlinge in einer halben Ruine. Man kann auch euphemistisch sagen: in einem bereits zur Hälfte bewohnbaren Gebäude. Die Eltern leben davon, dass der Vater alte Kleider sammelt und sie verkauft.

Ein schweres Geschäft. Zuerst einen davon überzeugen, seine vergammelte, lumpige und fadenscheinige Hose zu verkaufen, um dann einen zu finden, der diese erstklassige, fast neue Hose kaufen soll. So kehrt der Vater oft des Abends unverrichteter Dinge zurück. Sie bewohnten nur ein Zimmer. Das Badezimmer und das Klo befinden sich auf dem Flur, ebenso eine große Gemeinschaftsküche. Das einst stattliche Gebäude ist das ehemalige Jüdische Krankenhaus. Deshalb sind die Krankenzimmer Wohnungen geworden. Und die Wohnungen zu Krankenzimmern. Jeder ist krank in diesen Zeiten. Und es erhebt sich ein Jammern und Husten auf allen Fluren. Rechts neben den Eltern hausen die Ledermanns mit einer hübschen, gut erzogenen Tochter, links die Cohns, die den rothaarigen, zappeligen Danny haben.

Gegenüber lebt die alte Frau Sommer, die sich stundenlang auf dem Gemeinschaftsklo einschließt, weil sie davon überzeugt ist, die Gestapo sei hinter ihr her. Eines Tages schlägt sie mit einer vollen Wasserflasche auf einen bedrohlichen Schatten ein, der sich als ein siebzehnjähriges schlesisches Flüchtlingsmädchen namens Frieda herausstellt, das anschließend bei der Mutter Erste Hilfe, Unterschlupf und Verpflegung findet. So kommen die Eltern bereits im Herbst 49 zu Personal. Frieda lässt es sich nicht nehmen, den Eltern aus purer Dankbarkeit zur Hand zu gehen. Da die Altklamotten des Vaters gewaschen werden müssen, verbringen Mutter und Frieda gemeinsam viele Stunden in der stickigen Waschküche im Keller der Klinik, wo noch mit Holz gefeuert wird.

Der Junge, fünf Jahre alt, verliebt sich sofort in Frieda. Sie riecht frisch und erzählt ihm Märchen vom Rübezahl. Sie hat ein hartes Schicksal hinter sich, ist einige Male von russischen Soldaten vergewaltigt worden, was sich die Eltern nachts auf Jiddisch zuflüstern, weil es das Kind nicht mitbekommen soll. Doch das Kind bekommt alles mit. Frieda wird in den nächsten Wochen zum Maskottchen der gesamten Station, es gibt keinen, der sie nicht gut leiden kann. Das Mädchen aus Schlesien wird zu einer Art Küchenchefin. Sie steht in der Gemeinschaftsküche und disponiert die vier mit Kohle geheizten Kochplatten des riesigen Herds. Es kommt nicht selten vor, dass Kochterroristen die Töpfe der anderen flugs zur Seite schieben, um dem eigenen den Vorzug zu geben.

Da bedarf es einer unbestechlichen Instanz, die Anarchie zu unterbinden. Friedas Urteil unterwerfen sich alle. Keiner hat den Eindruck, benachteiligt zu werden. Das liegt daran, dass Frieda ein Schaf in Menschengestalt ist. Sie beherrscht es genial, mit den penetrantesten Mitbewohnerinnen umzugehen und sie handzahm zu machen. Selbst die Mutter, die nicht pflegeleicht ist, lässt sich von Frieda überzeugen, dass die Töpfe von Herrn Lustig sehr wohl vor den ihren auf dem Herd gewesen waren, die Pfanne von Frau Sommer ebenso und dass Frau Ledermanns Kartoffeln in fünf Minuten gar seien. Frieda wird niemals laut, im Gegenteil. Sie spricht stets leise und in einem unverändert langweiligen Tonfall. Von Zeit zu Zeit benutzt sie schlesische Wörter, die kein Mensch versteht. Aber keiner wagt zu fragen, weil er das für Hochdeutsch hält. Der Junge gehört zu den wenigen, die den schlesischen R-lastigen Zungenbrecher – in Rupperschdurf do rissn die Riepl Rießler-Reinhulds Runklriebm raus – stolperfrei aufsagen kann.

Das Weihnachtsfest nähert sich. Unter normalen Umständen wäre diese Tatsache keiner Erwähnung wert gewesen. Weihnachten gibt es für die jüdischen Bewohner nicht. Die feiern Chanukka, ein bewegliches Fest, das in diesem Jahr zufälligerweise zeitgleich stattfindet. Aber auch Chanukka wird in jenen Tagen ohne Inbrunst zelebriert. Man tut es den Kindern zuliebe. Die Erwachsenen sind vom angeblich lieben Gott enttäuscht.

Nachdem er Auschwitz ohne ein Veto zugelassen hat, hält man ihn für unzuverlässig. Doch wider Erwarten werden die Feiertage in besagtem Jahr zum Thema. Wegen Frieda. Denn die freut sich in sentimentaler Hingabe auf das kommende Weihnachtsfest und schwärmt vom »Weihnachtsmännla« und vom »Weihnachtstännla« und vom »Weihnachtsküchla«, als wäre sie zwischen die Buchseiten von Hauptmanns *Die Weber* geraten. Daher kommt eine subversive Flurkommission zusammen und beratschlagt, wie und wo man für das schlesische Waisenkind eine kleine Weihnachtsfeier ausrichten könne. Schließlich fällt die knappe Entscheidung zugunsten einiger Tannenzweige, weißer Kerzen, selbstgeschnittenem Lametta und bescheidenen Geschenken. Es handelt sich um den Beginn eines Aussteuerpakets, bestehend aus zwei Kissenbezügen und drei Küchenhandtüchern, alle hübsch verpackt und mit bunten Bändern umrankt. Dazu könnte ein gewisser Hanns Eisler, der, so geht das Gerücht, ein berühmter Komponist sein soll, auf dem Akkordeon eine Weihnachtsweise spielen. Er ist aus Ostberlin angereist, um seine Schwester Ruth, die im Parterre wohnt, zu besuchen. Sie hat einen Herrn aus Frankfurt geehelicht, der pikanterweise Lackmeier heißt und sie später seinem Namen entsprechend behandeln wird. Zuerst ziert sich Eisler, der Bolschewist, gegen den religiösen Firlefanz, den er wie sein Idol Karl Marx »Opium fürs Volk« nennt.

Jedoch ein Auftritt vor Publikum ist für einen eitlen Künstler nicht zu verachten und so gibt er klein bei und erklärt sich gequält bereit, lediglich »O Tannenbaum« und als Zugabe »Stille Nacht« darzubieten.

Es wird nach einer Örtlichkeit geforscht, an der die Weihnachtsfeier stattfinden könnte, und man entscheidet sich für den Betsaal im ehemaligen Operationsbereich, der sich im Hochparterre befindet und der am 24. Dezember umfunktioniert werden soll. Es gibt wie immer Querulanten, die strikt dagegen sind, einen »jüdischen Raum« für ein christliches Fest umzufunktionieren. Als wären die gekachelten Wände, die Stühle und Regale koscher. Jetzt beginnen die geheimen Vorbereitungen, von denen die gute Frieda nichts mitbekommen darf. Deshalb hat man Pläne ersonnen, das Mädel vom Betreten des OP-Bereichs fernzuhalten. Dort werden bereits eifrig Tannenzweige, Kerzen, Zapfen, Äpfel und Girlanden gesammelt. Auch der Junge und die anderen Kinder beteiligen sich, indem sie Engel, Sterne und Lametta aus Buntpapier basteln – unbedarft, aber liebevoll. Damit Frieda auch tagsüber abgelenkt wird, heuchelt der Vater Hilflosigkeit, und daher geht ihm Frieda bei seinen Hausbesuchen vor dem Fest zur Hand. Sie sitzt eingequetscht zwischen den Kartons und Waschkörben mit den lumpigen Klamotten auf dem Rücksitz des Brezelfensterkäfers, von ihr treffend Kakerlake genannt.

Das schwarze Vorkriegsungetüm erinnert mit seinem langen, spitzen und gekrümmten Hinterteil in der Tat an die Kerbtiere, die ständige Mitbewohner sind.

Jedes Mal, wenn jemand ein Zimmer betritt, flitzt etwas Schwarzes ins nächste dunkle Loch. Selbst ein kräftiger Hieb mit einem Schuh kann die Insekten wenig beeindrucken. Sie sind zäh und auf Überleben programmiert. Das haben sie unsereinem voraus.

Der Vater stellt zu seiner Freude fest, dass seine Begleitung ihm Vorteile bringt. Immer wieder erzählt er seinen Kunden von Friedas Schicksal und davon, dass er sich nun um das herrenlose Ding zu kümmern habe und dass, wenn man diesen alten, fast neuen Mantel nicht kaufe, sie hungers sterben müsse. Das erweicht selbst die dickfelligsten Taunusbauern. So kommen Frieda und der Vater abends mit wenig Geld, aber einigen seltenen Naturalien zurück: Butter, Brot, Mehl, Kartoffeln, Fleisch und Rüben. Nachts, wenn Frieda schläft, treffen sich die jüdischen Bewohner klammheimlich im Betsaal, um den Weihnachtsabend bis ins Kleinste zu planen. Professor Theodor Wiesengrund, der im dritten Stock wohnt und der später unter dem Mädchennamen seiner Mutter Karriere machen wird, erklärt sich bereit, den Weihnachtsmann zu geben. So probiert er den falschen Bart und das rote Gewand. Und als der Professor noch anbietet, ein »Drauß' vom Wald, da komm ich her ...« zu rezitieren, gibt es viel Zustimmung unter den Kombattanten.

Die freuen sich inzwischen mehr auf das Weihnachtsfest als die Betroffene selbst. Irgendwann stellt man fest, dass dieser Aufwand für eine einzelne Gojete, eine Nichtjüdin, zu groß ist, und beschließt kurzerhand, noch einige befreundete Deutsche gleichzeitig mit Frieda zu beglücken, als da wären: Hausmeister Fritz mit Frau und Kind. Schutzmann Rubitschu mit Familie. Kaufmann Breinersdorfer nebst Gattin, der den Feinkostladen gegenüber besitzt und viele Augen zudrückt und anschreibt. Dazu Familie Cress, der eine Baracke um die Ecke gehört, die »Café Cress« genannt wird. So wächst sich die anfänglich intime Weihnachtsfeier im Jüdischen Krankenhaus zu einem veritablen Fest aus. Der 24. Dezember steht nun drohend vor der Tür. Unglücklicherweise ist nicht nur Chanukka. Es ist auch noch Schabbes. Daher kann die Ausstattungskolonne erst nach dem morgendlichen Gottesdienst in den Betsaal. Widerwillig lassen sich die Frommen aus dem OP treiben, murrend und fluchend: Eure Ernte soll verdorren!

Jetzt geht es los! Girlanden werden aufgehängt, Tannenzweige dekoriert und mit Kerzen bestückt, die Geschenke mit kleinen Namensschildchen versehen und unter dem siebenarmigen Leuchter niedergelegt, der zum Tannenbaum umfunktioniert wird. Einige Frauen haben heimlich Plätzchen und Kuchen gebacken, was ein logistisches Abenteuer ist, denn Frieda soll ja davon nichts mitbekommen.

Sie ist verwundert, dass die Mutter sie gegen Abend förmlich zwingt, eines ihrer Kleider anzuziehen. Schwarz mit bunten Wellen auf dem Rocksaum, sehr elegant. Frieda sieht hinreißend darin aus. Auch das Lippenrot macht sich gut. Mit Augenbrauenstift werden Nylonstrumpfnähte auf die nackten Beine gemalt und am Ende trägt sie die Pumps der Mutter. Einfach umwerfend. Der Junge nimmt sich vor, sie eines Tages zu heiraten.

Als sie den Saal betritt, stockt Frieda der Atem. Es sind etwa dreißig Menschen im Raum und die brechen in Jubel aus, als habe sie soeben den Oscar gewonnen, und alle rufen »Fröhliche Weihnachten, Frieda!« und viele auch »Mazl tov!«. Das Akkordeon erklingt, Herr Eisler spielt »Stille Nacht«, Frieda bricht in Tränen aus und die schöne Schminke fließt davon. Frieda wird umarmt und gedrückt und sie schwebt an den Leuten vorbei, als habe sie den kleinen Jesus selbst zur Welt gebracht. In der Erinnerung hat dieser Augenblick tatsächlich etwas Heiliges. Da steht nun dieses Mädchen vor ihren Geschenken, kniet nieder, hebt die Päckchen an, lässt sie wieder los, weint stumm, ihre schmalen Schultern zucken. An was denkt sie? An Schlesien, an ihr Zuhause, an die toten Eltern, an die verschollene Schwester, an die Russen? Es ist ein Augenblick der Stille, der Demut, der Menschlichkeit. Nur das Akkordeon von Herrn Eisler ist zu hören.

Warst du auch schön brav, vernimmt man plötzlich den sanften Ton des Weihnachtsmanns! Frieda schaut hoch, erhebt sich, steht nun schüchtern vor Professor Wiesengrund. Sie nickt. Ja, sie war brav. Die beiden sehen einander an. Plötzlich nimmt der Weihnachtsmann Frieda in seine Arme. Drauß' vom Wald, da komm ich her, flüstert er. Alle weinen. Der Vater fordert Eisler auf, endlich etwas Fröhliches zu spielen, und so erklingt »Die Internationale« und die Starre löst sich auf. Die Leute lachen, trinken, essen Plätzchen und

Kuchen. Frieda und die anderen Christen packen ihre Geschenke aus, man bedankt sich artig, umarmt einander ungelenk. Herr Breinersdorfer nutzt die Gelegenheit, einige seiner attraktivsten Kundinnen, darunter auch die Mutter, mal herzlich an sich zu drücken. Die Frau des Feinkosthändlers ist nicht amüsiert. Langsam wächst sich das besinnliche Fest zu einer fröhlichen christlich-jüdischen Party aus, Herr Eisler spielt inzwischen »Ein Freund, ein guter Freund ...«, der Nikolaus tanzt mit allen Frauen, die Männer trinken Bourbon und Wodka, es gibt Coca-Cola und weitere Köstlichkeiten aus der PX, denn einige Mitbewohner haben gute Beziehungen zu den Amerikanern.

Mitten in diese ausgelassene Stimmung platzt plötzlich ein junger Mensch mit einer verheerenden Botschaft: In einer Stunde wird Rabbiner Riesenfeld erscheinen, um mit den Bewohnern des Jüdischen Krankenhauses das Chanukka-Fest zu begehen! Sofort wird ein Notfallplan in die Tat umgesetzt.

Es ist peinlich, aber die christlichen Gäste werden höflich und bestimmt des Tempels verjagt. Einige Bewohner beginnen sofort, sündige, christliche Symbole und Weihnachtsrequisiten zu entfernen. Girlanden werden eingerollt, Tannenzweige aus dem Fenster geworfen, Geschenke entfernt, der Raum wird sachlich hergerichtet. Die Menora wird entkleidet, der Alkohol versteckt. Nach einer Dreiviertelstunde gleicht der Saal wieder einer kargen Betstube, jeglicher Sinnlichkeit beraubt. Einige Frauen decken den langen Tisch mit koscherem Manischewitz-Wein und Löffelbiskuits, ein paar Männer bereiten den Gottesdienst vor. Die Kinder haben großen Respekt vor Rabbiner Riesenfeld. Ein hünenhafter Mann mit strengem Blick und weißem Bart. Moses selbst kann nicht furchterregender ausgesehen haben. Der Rabbi ist aus Berlin nach New York emigriert, hat sich während des Kriegs zur US-Armee gemeldet und ist nun als oberster Militärrabbiner für die gesamte amerikanische Besatzungszone zuständig. Deshalb besucht er an den jüdischen Feiertagen Einrichtungen wie DP-Lager, die ersten Jüdischen Gemeinden oder Organisationen. Ausgerechnet heute ist seine Wahl auf das Jüdische Krankenhaus gefallen! Die Kinder werden angehalten, dem Rabbiner auf keinen Fall von dieser christlichen Feier und den nicht koscheren Ritualen und Speisen zu erzählen. Nichts von den heidnischen Bräuchen und der Besudelung des Betsaals. Und vor allem: Kein Wort über den Weihnachtsmann!

Herr Eisler soll sich mit seinem Akkordeon zurückhalten und nur auf Wunsch des Rabbiners ein Chanukka-Liedchen vortragen. Da muss der alte Kommunist noch ein wenig üben.

Die Kinder liegen auf dem steinernen Geländer von Ledermanns Balkon über dem Eingang des Hauses und beobachten die Ankunft des Rabbis. Es rollt ein Jeep, gefolgt von einem kleinen Lkw, über den Kies vor das Portal, das von roten Sandsteinsäulen gehalten wird. Der Rabbi in Uniform entsteigt dem Jeep. Er sieht aus wie ein General. Sein Fahrer läuft rasch nach hinten und spricht mit drei weiteren GIs, die vom Lkw klettern. Derweil betritt Rabbiner Riesenfeld das Gebäude. In der Halle wird er von Herrn Ledermann empfangen und in den ersten Stock geleitet. Die Bewohner des Jüdischen Krankenhauses befinden sich im Betsaal, als der Rabbi eintritt, nach links und rechts nickt und dabei gravitätisch durch ein Spalier schreitet. Hinter einem Stehpult macht er halt und sieht sich schweigend um. Auf seinen Wink hin entzündet die Mutter eine Kerze am Leuchter und spricht ein Gebet. Dann beginnt Rabbi Riesenfeld mit einer Rede, die an die Toten erinnert, die Nachkriegszeit beleuchtet und schließlich mit folgenden Worten endet: Well, my friends, ich bin gekommen, um Ihnen ein frohes Chanukka-Fest zu wünschen. Und um Ihnen in diesen schweren Zeiten eine Botschaft zu bringen. Die Botschaft lautet: Lasst uns fröhlich sein und für einen Abend die Sorgen vergessen!

Applaus und zustimmendes Gemurmel sind zu hören und auf einen Wink des Rabbis hin öffnet sich die Tür und die vier US-Soldaten treten ein. Zwei tragen einen großen Blechcontainer, die beiden anderen einen grell geschmückten Weihnachtsbaum! Mit roten Äpfeln, Süßigkeiten und goldenen Sternen. Die Gemeinde steht unter Schock! Sehen Sie, sagt der Rabbi laut, zu Weihnachten gehört ein Weihnachtsbaum. Wir waren nicht sehr fromm zu Hause, aber einen Weihnachtsbaum haben wir doch immer gehabt. Und jeder hatte eine Gans. Die Leute lachen unsicher. Die Soldaten haben den Blechcontainer abgestellt und entnehmen ihm nun eine große, gebratene Gans, die auf dem Tisch tranchiert wird. Dann gibt es kein Halten mehr!

Die Leute holen sich ihre Gänsestücke ab, während die Kinder gemeinsam mit Frieda die Kerzen am Baum anzünden und sich gleichzeitig Hershey's Schokolade und Butterfinger reinstopfen. Dazu spielt Herr Eisler ein Chanukka-Lied. Der Rabbi schaut ihn an: Können Sie nichts Weihnachtliches? Daraufhin erschallt »O Tannenbaum« und alle singen mit.

Mischpacha – Familie

*Das Familienleben ist der dramatischste
Eingriff in das Privatleben.*
Karl Kraus

Die Wochen vor dem Großereignis sind geprägt von Nervosität. Die Krönung der Königin von England kann nicht aufreibender sein als die bevorstehende Bar-Mizwa. Die Mutter ist kaum noch ansprechbar. An alles muss sie denken, alles bleibt an ihr hängen. Der Onkel ist ihr wie immer keine große Hilfe. Um nichts kümmert er sich. Selbst die Zimmer für die Verwandtschaft muss sie bestellen.

Gegenüber, in einer Jugendstilvilla neben der Ruine des Rothschild-Palais, gibt es eine Familienpension. Die Zimmer sind Tanzsäle, die schweren Möbel aus dem Spätmittelalter, die Bäder riesig mit ihren Jugendstilkacheln, Rohrleitungen und Armaturen. Im Erdgeschoss befindet sich eine verglaste Veranda, der Frühstücksraum. Üblicherweise besteht die Klientel in diesen Jahren aus Handelsvertretern oder durchreisenden Künstlern. Frau Kläre »Claire« Nettelmann, ein ehemaliger Operettenstar, führt ihre Pension mit harter Hand und schikaniert ihr Personal. Frieda hat Kontakt zu den Sklaven von gegenüber und legt ihnen nahe, sich zu wehren. Wenn aber tatsächlich eines der Zimmermädchen nach einem Sechzehnstundentag mal aufmuckt, sagt Frau Nettelmann spitz: Bitte, du kannst ja gehen, wenn es dir nicht passt!

Abends kommt es vor, dass sich die Dame des Hauses im Salon an ihren Bechstein-Flügel setzt und die müden Pensionsgäste mit dem *Weißen Rössel* traktiert. Die Mutter hat kein Problem damit, Frau Nettelmann darauf hinzuweisen, dass sie Hauskonzerte in Anwesenheit ihrer »Mischpoche« bitte vermeiden soll. Es ist im Übrigen verwerflich, dass dieser Begriff so negativ besetzt ist, heißt »mischpacha« im Hebräischen doch nichts anderes als Familie. Der Antisemitismus lauert eben überall.

Die Mischpoche aus Paris: Da ist Tante Sophie zu nennen, die ältere Schwester der Mutter. Eine leise, eher unterwürfige Frau. Sie gehört in diesen Jahren bereits zu den Neureichen. Gemeinsam mit ihrem Mann betreibt sie in der Rue de Belleville eine gutgehende Fleischerei, die sinnigerweise »Boucherie Metzger« heißt, denn so lautet Onkel Siegfrieds Nachname. Er ist ein Doppelgänger von Jean Gabin. Sophie sitzt an der Kasse und sagt tagein, tagaus »Bonjour Madame«, »Merci Madame« und »Au revoir, Madame«. Sie haben drei Söhne. Alle drei sind älter als der Junge und aufgrund der wirtschaftlichen Situation ihrer Eltern entsprechend borniert. Jeunesse dorée. Sie sollen ebenfalls Metzger werden. Der Älteste hat sich allerdings am ersten Tag seiner Lehre die Fingerkuppe des kleinen Fingers (mit Absicht?) abgeschnitten und jetzt wird er Playboy.

In den folgenden Jahren expandiert die Boucherie Metzger und eröffnet einen Fleisch-Supermarkt nach dem anderen. Die Firma beliefert darüber hinaus die edelsten Restaurants von Paris. Das »Tour d'Argent« oder das »Maxim's«. Die Schmiergelder für die »chefs de cuisine« belaufen sich auf mehrere Millionen Francs im Jahr, verrät die Tante einmal. Der mittlere und der jüngste Sohn übernehmen das Imperium. Ein Privatflugzeug und diverse Luxusschlitten gehören zum Alltag – von den beiden Landhäusern an der Côte und bei Paris nicht zu reden. In dieses ziehen sich Tante Sophie und Onkel Siegfried zurück. Es liegt in Sichtweite des Schlosses der Familie Guy de Rothschild, aber ein Kontakt kommt zum Leidwesen der Tante nicht zustande, sosehr sie sich auch bemüht und so devot sie auch die Nachbarn beim morgendlichen Ausritt grüßen mag. Früher haben sie die Pferde stückweise verkauft, heute sitzen sie drauf. Sei's drum, die Metzgers bleiben für den wahren Geldadel Parvenüs. Onkel Siegfried hat keine rechte Freude an seinem Ruhestand. Deshalb greift er sich eines Tages ans Herz, fällt um und ist tot. Die Söhne kommen mit dem Ferrari, quetschen den Toten in den Kofferraum und bringen ihn nach Paris. Die Tante bekommt Alzheimer, kauft überflüssige teure Dinge, gibt immense Trinkgelder und wirft so lange mit Geld um sich, bis die Söhne sie entmündigen. Irgendwann zieht sie ein Brautkleid an und stellt sich auf die Gleise der Metro, wo sie von mutigen Mitmenschen in letzter Sekunde vor einem einfahrenden Zug gerettet wird. Das ist der

Moment, in dem sie für immer in einem Heim und aus der Welt verschwindet.

Cousin Jean ist der Lieblingscousin, der einen guten Humor und eine ordentliche Portion Selbstironie besitzt. Seine Maman, Tante Thea, ist Mutters Cousine und besitzt gemeinsam mit ihrem Bruder eine Lederfabrikation im »Carré du Temple«. Onkel Louis hat zwei Kinder, die im Alter des Jungen sind. Und er hat eine Frau, eine gestrenge, fromme Elsässerin, die eine Diktatur errichtet hat. Sie schreibt allen alles vor, auch dem Jungen und seiner Mutter, wenn sie mal zu Besuch kommen.

Die Mischpoche aus Belgien: Onkel Michel, ein Cousin des Vaters und seine Frau Tante Dolly. Zwei liebenswerte Menschen. Er, ein stiller, verletzlicher Mann, sie eine humorvolle Erzählerin und ausgezeichnete Kuchenbäckerin mit einer fünfstelligen, eintätowierten Zahl auf dem linken Arm. Sie besitzen eine Fabrik für Bettgestelle in einem Kaff bei Antwerpen und haben eine bildschöne Tochter, Judith, in die der Junge verliebt ist. Hoffnungslos. Das Mädchen ist nicht an Gleichaltrigen interessiert.

Die Mischpoche aus Amerika! Onkel Jack, ebenfalls ein Cousin des Vaters, und Tante Adele besitzen eine Textilfabrik in New Jersey und haben zwei Kinder. Der Junge liebt seine amerikanische Verwandtschaft, denn sie bringt eine andere Dynamik in die bürgerliche Welt der Fünfziger. Onkel Jack bedeutet Rock 'n' Roll, Coca-Cola und Kaugummi. Er kommt mit dem Schiff, ist amerikanischer als jeder Amerikaner, wohnt im

»Frankfurter Hof« und hat seinen schwarzen Cadillac DeVille mitgebracht.

Das macht einen ungeheuren Eindruck auf den Jungen, aber auch auf die Nachbarschaft. Und obwohl das Autofahren am Schabbes verboten ist, fährt der Junge stolz mit Onkel Jack zur Synagoge. In den Wagen quetschen sich noch acht weitere Verwandte, denn jeder will in diesem Traum fahren und dabei gesehen werden. Sehr zum Ärger von Rabbi Aronsohn, der am Gittertor steht und schimpft. Wo steht geschrieben, fragt Onkel Jack frech, als er aussteigt, dass man am Schabbes nicht Auto fahren darf? Damit macht er sich beim Rabbiner beliebt. Es ist ein Ruhetag, giftet Aronsohn. Auch das Vieh soll ruhen. Die Ochsen, die den Karren ziehen. Das ist der Sinn, mein Herr! Okay, das Vieh kann meinetwegen ruhen. Aber sehen Sie hier Ochsen? Er lacht. Man darf kein Feuer machen, sagt der Rabbi scharf, und wenn Sie den Wagen zünden, gibt es einen Funken! So what, meint der Onkel. Dann flüstert er der Mutter zu: Am Schabbes darf man auch kein Geld nehmen, aber willst du wissen, was passiert, wenn ich dem Rebben nachher hundert Dollar hinhalte? Er zieht sich mit dem Finger den Augenwinkel runter. Der Rabbi ist vorgegangen. Nach zehn Minuten steht der Junge mit glühenden Wangen in der überfüllten Synagoge und macht sich fast in die Hosen. Obwohl er den Umgang mit der Thora kürzlich geübt hat, ist er aufgeregt. Lubinski hat sie routiniert aus der Lade genommen und dem Jungen in den Arm gelegt. Wenn er sie fallen ließe, wäre das eine Katastrophe, die man nur mit Hiroshima vergleichen könnte.

Aber er bringt die schwere Gebetsrolle heil zum Lesepult, der Onkel und Lubinski entkleiden sie, der Rabbi spricht ein Gebet und einen Segensspruch. Nach einigen Minuten beginnt der Junge mit dem Verlesen seiner Parascha. Bis auf einen Hänger läuft es ganz beachtlich. Irgendwann steht er allein am Pult und gleich hält er seine mit großer Spannung erwartete Rede. Nun ist der Moment gekommen, in dem er zum ersten Mal das Publikum in der Synagoge wahrnimmt: In der ersten Reihe links, auf der Seite der Frauen, seine Mutter, mit Taschentuch, daneben die Tanten und Cousinen, Frau Lubinski, Juliette, Frau Perlmann, die Frauen der Teilacher. Rechts der Onkel, die anderen Onkel, die Cousins und Lubinski. Die Teilacher. Marian, dessen Vater, die anderen Freunde und deren Väter. Alle sind gekommen, alle starren ihn an. Der Junge räuspert sich, beginnt vorsichtig und mit belegter Stimme:

Liebe Mama, verehrter Rabbiner Aronsohn, lieber Onkel, werter Herr Dr. Lubinski, liebe Familie, liebe Gäste. Meine Bar-Mizwa ist der wichtigste Tag in meinem bisherigen Leben und wie glücklich könnte ich sein, wäre mein geliebter Vater noch unter uns. Immer wieder sprach er von meiner Bar-Mizwa und von seinem Wunsch, diese noch erleben zu dürfen. Aber leider war ihm nur ein kurzes Leben vergönnt, das am Ende auch noch von Kummer und Krankheit geprägt war. (Die Mutter weint bittere Tränen und der Junge hört sie schluchzen. Auch die Tanten haben die Taschentücher gezückt.)

Umso mehr möchte ich meiner Mutter danken, dass sie die Kraft aufgebracht hat, mich allein weiter durchs Leben zu führen. Ihre aufopfernde Liebe werde ich stets zu schätzen wissen. Auch möchte ich meinem Onkel danken, der mich mit seinen Witzen aufgemuntert hat, mir mit Rat und Tat zur Seite stand und mir wie ein Vater ist. Ebenso geht mein Dank an Rechtsanwalt Lubinski für seine Hilfe und Unterstützung. Ich möchte meinen Verwandten danken, dass sie von weit her gekommen sind, um mit mir diesen Tag zu begehen. Schließlich gilt mein Dank auch Rabbiner Aronsohn, der unermüdlich mit mir gelernt hat, wobei ich mich frage, ob Druck und Strenge immer die richtigen Rezepte sind. (Eine peinliche Pause entsteht, der Rabbi schaut entsprechend unwirsch.) In der Parascha des heutigen Schabbats haben wir von Noah gehört und wie der Herr ihm auftrug, die Unschuldigen zu sammeln und eine Arche zu bauen, die den Fluten widerstehen kann. Vor dreizehn Jahren ging der schreckliche Krieg zu Ende, in dem Millionen unschuldiger jüdischer Menschen von den Nazis und ihren Helfern ermordet wurden, und der Vergleich mit der Sintflut liegt nah. Nur gab es keine Warnung Gottes und auch keinen Noah und keine Arche. Ich glaube auch nicht, dass es eine Strafe für die Juden war, für ihre Sünden. Denn ihre Sünden waren klein, gemessen an den Sünden der Deutschen. Deshalb kann die Lehre aus dieser Katastrophe nur lauten: Verlass dich nicht auf Gott! Verlass dich auf deine eigene Stärke. Und …

Vielen Dank, mein lieber Mendel, eine schöne Rede, ruft der Rabbiner plötzlich dazwischen und applaudiert. Ich muss gleich schließen! Alle klatschen daraufhin und einige rufen »Mazl tov!«. Der Junge kann nicht mehr weiterreden, denn Aronsohn bittet alle nach draußen zu einem Kiddusch in der Vorhalle. Dort gibt es Sandkuchen, Löffelbiskuit und Wein und für die Kinder Limonade.

Nach dem Gottesdienst kommt die Verwandtschaft in der Wohnung zusammen. Frieda und die Mutter haben gekocht und gebacken und gemacht und den Esstisch ausgezogen, damit alle Platz haben. Der Tisch ist elegant gedeckt. Auf der strahlend weißen Tischdecke die geschliffenen Kristallgläser und das vierundzwanzigteilige Service mit dem Goldrand namens »Kobaltblau«. Edle Damastservietten stehen wie Alpengipfel auf den Tellern. Daneben das schwere silberne Besteck, für Kinder kaum zu bewältigen. Tage vorher wurde es mit Hagerty geputzt. Eine Mörderarbeit, an der sich auch der Junge beteiligen musste.

Im Salon sitzt die Verwandtschaft dicht gedrängt. Aperitif. Für die Männer Whiskey, für die Damen Cinzano Rosso. Man lacht, unterhält sich. Der Onkel haut einen Witz nach dem anderen raus. Er hat seine neue Flamme mitgebracht, Frau Sonia Rappaport, eine mächtige, blondgefärbte Witwe mit beachtlicher Oberweite. Sie hat ein aufreizendes Lachen und ist die Attraktion des Tages, jedenfalls bei den Männern. Die Frauen reagieren feindseliger. Fotos werden geblitzt und »Weißt du noch«-Geschichten erzählt.

Es kommt aber auch zu traurigen Momenten, in denen man an die Toten denkt, und plötzlich stehen sie im Zimmer und erzählen ihre Geschichte. Dann verwischt das Make-up und weiße Taschentücher werden schwarz und rot. Genauso wie das Gesicht des Bar-Mizwa-Buben, der von den Tanten gedrückt und geherzt wird, während ihm die Onkel in die Wange kneifen. Das ist der Moment, als die Mutter auf ihr Taschentuch spuckt und in seinem Gesicht herumwischt.

Zwischendurch spielt er mit seinen Cousinen und Cousins oder die Kinder knien vor der riesigen Phonotruhe mit dem magischen Auge und legen Platten auf und hören Musik – so laut, bis die Erwachsenen protestieren. Denn viele umstehen den Rechtsanwalt Lubinski und nutzen die Anwesenheit des Juristen für eine kostenlose Rechtsberatung. Nur wenn die alten Schellackplatten knistern und jiddische Lieder zu hören sind, kehrt so etwas wie Andacht ein. Aber leider singt immer einer mit. Der Höhepunkt sind die Andrews Sisters mit »Bei mir biste schejn«.

Das Essen zieht sich den Rest des Tages hin. Mazzeknödelsuppe, gehackte Leber, Huhn, Suppenfleisch, Kartoffeln, Mischgemüse. Und grüner Salat. Einige Gäste streuen sich Zucker darüber! Dazu Riesling oder Bordeaux. Danach Pflaumenkompott, Kuchen, Torten, Kaffee, Tee, Schokolade. Und immer wieder Bronfen, also Schnäpse, für die Herren. Eisgekühlten Wodka oder Quetsch. Für die Damen Liköre.

Der Junge ist ab heute ein Mann, deshalb muss auch er Schnaps trinken und Zigarre rauchen. Seine versnobten Metzger-Cousins animieren ihn immer wieder mit dem Trinkerlied »Il est des nôtres, il a bu son verre comme les autres«, bei dem man einen Schnaps auf Zug runterkippen muss. Er schüttelt sich und hustet, sehr zum Vergnügen der Anwesenden. Aber gottlob geht die Mutter irgendwann dazwischen und beendet das unwürdige Ritual. Gegen Abend schleppen ein paar Männer den besoffenen Onkel Louis hinüber zur Pension Nettelmann. Er löst sich auf, sein Hemd hängt aus der Hose. Dahinter trippelt seine gestrenge Gattin, die Sakko und Krawatte krampfhaft in den Händen hält. Das wird ein Nachspiel haben.

Gegen Mitternacht sind alle gegangen. Frieda und der Junge machen Inventur: vier Krawatten, zwölf weiße Taschentücher mit Monogramm, sieben lederne Brieftaschen. Zwei Hemden, elf Bücher, davon zwei doppelt. Ein Tonbandgerät Marke Grundig TK 35. Und Geld! Zweitausendsiebenhundertfünfzig Mark. Die Mutter nimmt es an sich. Sie wird es für ihren Sohn sparen. Aber in Wirklichkeit sieht sie das Geld als einen Beitrag zu ihren Unkosten an. Dem Jungen bleiben schließlich einhundertfünfzig. Er investiert das Geld in neue Teile seiner Märklin-Eisenbahn.

Schlamassel

Das größte Unglück ist, einmal glücklich gewesen zu sein.
Max Meinstein

Trotz des frühen Nachmittags ist die Praxis von Dr. Wolf wie immer überfüllt. Die Mutter zieht den Doktor gern auf: Wenn ich Ihr Geld hätte, würde ich mich nicht mehr so meschugge machen. Sie will nicht einsehen, dass jemand so griesgrämig sein kann. Wolf hat gleich nach dem Krieg für die Amis gearbeitet, er war kein Nazi, im Gegenteil. Er war in einem Strafbataillon, als einfacher Sanitäter, trotz seines Titels. Weil er gesagt hat, das deutsche Volk müsse bestraft werden, für die Verbrechen. Ende der Vierziger ist er dann mit Hilfe der Amis groß ins Penicillin-Geschäft eingestiegen und hat Huren und Freier im Bahnhofsviertel behandelt. Immer gegen Dollar, die er in die Hosentaschen stopfte. Drei Jahre später besitzt er bereits ein Mietshaus. Er verliebt sich in eine junge Bardame, die er von der schiefen Bahn holt und heiratet. Sie wird Frau Doktor und organisiert seine Praxis für Allgemeinmedizin. Der Junge ist dort gern gesehen. Frau Wolf erlaubt ihm, bei Konsultationen im Sprechzimmer auf der breiten Fensterbank sitzend zuzuschauen. Er soll ja Arzt werden. Wolf ist das wurscht. Er ist ein nachlässiger, gleichgültiger Mensch, pafft während der Untersuchung seinen Stumpen und blafft seine Patienten an:

Kommen Sie nächstens gewaschen, schimpft er, oder: Fressen Sie nicht so viel, oder: Schon wieder schwanger? Was macht ihr denn den ganzen Tag? Irgendwann hört der Junge, wie der Doktor zu einem Ehepaar sagt: So, ihr könnt keine Kinder bekommen? Gut, einmal zeige ich euch noch, wie's geht! Dabei grinst er die Frau frech an.

Fünfzehn Jahre später wird Doktor Wolf sterben. »Morphium«, flüstern die Nachbarn unter vorgehaltener Hand. Jetzt ist die Frau des Arztes eine reiche Witwe. Sie lädt die Mutter kurz darauf zu einem Urlaub nach Mallorca ein, wo sie eine Villa mit Pool und allem Drum und Dran mietet. Frau Wolf schätzt die Mutter sehr, als Einzige im Haus, denn sie hat keine Probleme mit der zwielichtigen Vergangenheit ihrer Nachbarin und behandelt sie stets respektvoll. Nach den Ferien kauft sich die Witwe des Doktors einen nagelneuen Porsche und endet am Brückenpfeiler auf der Autobahn bei Darmstadt, wie einst Bernd Rosemeyer. Die Mutter ist traurig und organisiert die Beerdigung für die arme, reiche, tote Frau. Die Nachbarn dagegen ätzen: Geschieht ihr recht. Was muss sie auch angeben und sich einen Porsche kaufen!

Kurz nach der Bar-Mizwa ist Lubinski tot. Das Herz. Kein Wunder, sagt Doktor Wolf lakonisch, wenn man zwei Tonnen wiegt! Lubinskis Ableben ist ein herber Verlust. Für seine Mandantschaft und die Gemeinde. Für die Degussa ist es ein Glück. Und für den Jungen?

Erst hat Lubinski ihn auf diese verhasste Schule geschickt, dann macht er sich aus dem Staub. Eigentlich wäre jetzt eine gute Gelegenheit, die Schule zu wechseln, aber der Junge hat sich gewöhnt. Er ist jetzt in der Untertertia und fühlt sich wohl. Außerdem kann das große Latinum nicht schaden, wenn man Mediziner werden muss. Seine Mitschüler sind kumpelhaft, er hat mit Herrn Fünfgeld einen neuen Klassenlehrer, der extrem judenfreundlich ist. Heute würde man es philosemitisch nennen. Ob aus Überzeugung oder Opportunismus, ist unerheblich. Auf jeden Fall erleichtert es vieles und der Junge bekommt stets mildernde Umstände. Besonders in einem speziellen Fall, der seine Schulkarriere hätte gefährden können:

In den Osterferien fährt man regelmäßig mit befreundeten Familien nach Knokke in Belgien, in den Sommerferien nach Rimini in Italien, in den Winterferien nach Seefeld in Tirol. Das hört sich pompös an, aber die Hotels, in denen er mit der Mutter logiert, sind Mittelklasse. Die anderen Familien wohnen im Memlinc Palace, im Plaza oder im Astoria. Außerdem nimmt sich die Mutter jedes Mal nur zwei Wochen frei. In diesem Sommer aber ist alles anders. Die Mutter hat keine Zeit, so sagt sie, aber der Junge weiß, dass es finanzielle Gründe sind, die belasten. Der Laden läuft nicht mehr gut. Auch der Onkel macht entsprechende Bemerkungen, das soll was heißen, bei diesem berufsmäßigen Optimisten. So kommt es, dass der Junge auf dem Hohen Meißner landet. Schon Wochen vorher weiß er, was ihn erwartet.

In jenem Sommer findet auf dem Berg in Nordhessen ein zionistisches Jugendlager statt. Neben Indoktrination, Hebräischunterricht und paramilitärischem Drill gibt es Lagerfeuer, Musik und Wanderungen. Der Junge ist kein großer Wandervogel. Meistens schlurft er hinter den anderen her, oft muss man auf ihn warten. Die Madrichim, die älteren Aufpasser, sind genervt. Sie haben es offensichtlich darauf angelegt, ihn zu quälen. So kommt es ihm vor. Einmal in der Woche ruft er seine Mutter an und jammert, wie schrecklich er sich fühlt, wie einsam er ist in diesem Kinder-KZ. Der Junge ist nicht gemacht für ein Kollektiv. Er hasst schwarze Turnhosen und weiße Feinrippunterhemden. Dicke weiße Tassen im lärmigen Speisesaal. Hochbetten und Schweißgeruch, den Dampf im Massenwaschraum, Hunderte von Brummern auf den stinkigen Klos. Die Mutter tröstet ihn. Bald ist es ja vorbei.

Am Sonntag vor der Abreise ist eine letzte Wanderung zum Kammerbachfelsen geplant. Der Junge hat nicht vor, daran teilzunehmen. Er behauptet, Kopfschmerzen zu haben. Was bist du, schreit ihn der Madrich an, eine Memme? Oder ein warmer Bruder? Wenn Krieg ist, kann man auch nicht sagen, ich habe Kopfweh! Aber es ist kein Krieg, versucht der Junge den Aufseher zu überzeugen. Der schaut ihn nur kalt an und sagt: In fünf Minuten beim Appell! Die israelische Fahne flattert im Wind, als sich zwanzig Jungen auf den Weg zum sagenumwobenen Felsen machen. Ein mystischer Ort, an dem laut der Brüder Grimm einst Frau

Holle gewohnt haben soll und wo sich die größte Höhle Hessens befindet.

Es ist brüllend heiß, die Sonne knallt wie verrückt vom Himmel auf den Jungen, der sich bereits nach wenigen Kilometern aufzulösen beginnt. Er bildet die Nachhut und sucht sich alle zwei Minuten ein schattiges Plätzchen, an dem er wenigstens für ein paar Sekunden stehen bleiben kann. Irgendwie schafft er es, gegen Mittag seine Kompanie wiederzufinden, die inzwischen am Fuß des etwa fünfzehn Meter hohen Felsens biwakt. Der Junge freut sich bereits auf die kühle Höhle, die nach dem Picknick besichtigt werden soll, als der Madrich überraschend befiehlt, erst einmal den Felsen zu besteigen. Es werden Zweierteams bestimmt, die den Aufstieg bewältigen sollen. Es ist für den Jungen nicht überraschend, dass ausgerechnet er beginnen soll.

Nach ein paar Minuten hängt er in der Wand. Ohne Seil, mit Sandalen. Mühsam arbeitet er sich nach oben. Der Felsen ist zwar steil, ragt senkrecht in den Himmel, aber er bietet Halt und kleine Pfade und Vorsprünge. Der Aufseher schreit zwischendurch Befehle und Ejzes, also gutgemeinte Ratschläge, nach oben. Und immer wieder: Kuck nicht runter! Der Junge hat es fast geschafft, nur noch etwa ein Meter trennt ihn vom weichen Waldboden, der oben wartet. Die Hand eines Kameraden, der den Aufstieg vor ihm bewältigt hat, streckt sich ihm entgegen. Da schaut er nach unten! Er will es nicht, aber es ist zwanghaft. Er verliert das Gleichgewicht, aber kann in letzter Sekunde eine kräftige Wurzel ergreifen, die aus dem Felsen ragt. Uff!

Das Glück währt nur eine Sekunde, dann wird die Wurzel länger und länger, löst sich knallend aus der Felswand, Erde staubt auf – dann der Sturz! Er erfolgt wie in Zeitlupe, als wollte er nicht enden:

Der Himmel, die Baumkronen, das Grau des Felsens, der Junge rast dem Erdboden entgegen, er erinnert noch die vielen Gesichter, die zu ihm heraufschauen, und den belaubten Boden, der näher und näher kommt – dann schlägt er auf. Es wird schwarz. Als er für wenige Sekunden in einem Krankenwagen wach wird, hört er die Sirene, spürt einen stechenden Schmerz im linken Bein, bei jeder Bewegung des Fahrzeugs.

Im Provinzkrankenhaus von Witzenhausen ist der sonntägliche Notdienst auf so einen Fall nicht vorbereitet. Es vergehen Stunden, in denen der Junge unter Schmerzen erwacht, dann immer wieder eindämmert. Bis der Unfallchirurg eintrifft. Die Operation dauert bis in den Abend. In einem Achtbettzimmer wird der Junge langsam wach, seine Mutter und sein jüdischer Religionslehrer Stern sitzen besorgt am Bett. Sie flüstern mit ihm. Es werde alles gut, sagen sie, er habe einen komplizierten, offenen Beinbruch. Das Schienbein, das Wadenbein, das Fersenbein. Und zwei gebrochene Rippen und eine Platzwunde am Kinn.

Die vielen Wochen mit fremden Männern in diesem großen Zimmer sind nahezu unerträglich. Der Junge ist bis zur Hüfte eingegipst, kann nur auf dem Rücken mit hochgestrecktem Bein liegen.

Seine Bettnachbarn sind bis auf wenige Ausnahmen oberhessische Tölpel. Primitive Bauernburschen, die grölen, saufen, sich mit Gegenständen bewerfen, ins Waschbecken pinkeln, nachts herumpoltern und die Schwestern mit Anzüglichkeiten belästigen. Er ist in ein apokalyptisches Gemälde von Hieronymus Bosch geraten. Jedes Mal, wenn er auf die Bettpfanne muss, könnte er sterben vor Scham. Einer, ein Dachdecker, der vom Dach gefallen ist und sich dabei den Schädel gebrochen hat, steht oft nachts vor dem Jungen und starrt ihn nur an. Als er dies dem Arzt meldet, ist er unten durch, als »Petze« verschrien. Der Junge hat nur einen Wunsch: Niemand soll wissen, dass er Jude ist.

Im September ist er transportfähig, wie es heißt. Er darf endlich nach Frankfurt. Mit einem Krankenwagen. Man hat ihm einen monströsen Transportgips angelegt und darauf steht geschrieben: Nach Ankunft bitte sofort entfernen! Professor Genz im Friedrichsheim in Niederrad klopft nur kurz auf den Gips und schickt den Jungen nach Hause. Hier soll er noch zwei Monate liegen, bevor er mit Gehübungen beginnen kann. Die Mutter will etwas einwenden, aber damals widersprach man Chefärzten noch nicht.

Frieda hat ihm ein Bett im Esszimmer am Fenster hergerichtet, er wird umsorgt, bekocht und neben ihm steht ein Vogelkäfig und darin sitzt »Mecki«, ein gelber Wellensittich, ein Geschenk des Onkels. Marian besucht ihn fast täglich, spielt Karten mit ihm. Klassenkameraden kommen, üben Mathe und Chemie.

Nach wenigen Wochen riecht es unerträglich und der Junge hat große Schmerzen. In der Klinik entfernt man den Gips und ist erschüttert. Das Bein ist oberhalb der Ferse abgefault, man sieht die blanke Sehne, den Knochen, das geschrumpfte Gewebe, alles braungelbgrünlich, voller Eiter. Eine massive Knochenentzündung. Man wird wohl den Fuß amputieren müssen! Die Mutter tobt: Nach Ankunft bitte sofort entfernen, stand deutlich auf dem Gips geschrieben! Wenn mein Sohn den Fuß verliert, verlieren Sie Ihre Stellung! Sie macht eine Szene, der Professor ist kleinlaut. Der Eingriff dauert zwei Stunden. Der Fuß kann gerettet werden. Der Junge liegt fast ein halbes Jahr vom Oberschenkel bis zur Ferse fixiert an eine Drainage, durch die ununterbrochen ein Antibiotikum fließt, so lange, bis alle Keime abgetötet sind. In dieser Zeit bekommt er nicht nur von seinen Freunden und Mitschülern Besuch, sondern auch von Herrn Fünfgeld, der mit dem Jungen regelmäßig lernt und ihm zusichert, dass er auf jeden Fall versetzt wird.

Er liegt in der ersten Klasse in einem Zweibettzimmer, Professor Genz ist bemüht, seine Nachlässigkeit wiedergutzumachen. In dieser Zeit lernt der Junge einige interessante Bettnachbarn kennen, allen voran Istvan Sztani, damals Fußballstar bei der Frankfurter Eintracht. Obwohl der Junge genuine Vorbehalte gegen alle Ungarn hat, der geigende Pfeilkreuzler ist ihm noch gut im Gedächtnis, kann er sich dem Charme des Halbstürmers nicht entziehen. Zumal der sich als gnadenloser Judenfreund zu erkennen gibt.

Seine »bästän Freunde woren Juden gäwäsän!«. Er erzählt vom ungarischen Aufstand zwei Jahre zuvor, den er in vorderster Linie miterlebt, von seiner dramatischen Flucht und von dem Zuhause, das er bei seinem neuen Verein gefunden hat. Später wird der Junge mit seinen Freunden in der Stehkurve im Waldstadion sein, bei Flutlicht, zur großen Zeit der Eintracht, und auf den Rasen schauen und denken, den da unten kenne ich, und er wird glücklich und stolz sein.

Für einige Wochen liegt ein siebzehnjähriges Riesenbaby aus Lollar neben ihm. Wolfram hat eine Ladung Thallium, ein Gift, probiert, nur so aus Jux. Dass er nicht gestorben ist, hat er seiner rustikalen Konstitution zu verdanken, unsereiner wäre draufgegangen. Schon einige Milligramm genügen. Es beginnt mit Durchfall, dann kommen der Haarausfall, extreme Muskelschmerzen mit spastischen Verhaltungen und schließlich Hirnschädigungen dazu. In diesem Stadium wird Wolfram eingeliefert. Schwer zu sagen, wie der Bauernjunge vorher drauf war, aber nun bekommt er Schreikrämpfe, Lachanfälle und seine Kommunikationsfähigkeit ist darauf beschränkt, dass er dummes Zeug redet. Er steht stundenlang am Bett des Jungen und erzählt Belangloses, das in der Hauptsache aus Wiederholungen von Wiederholungen besteht. Dazwischen Obszönitäten wie Wichsen, Fotzenlecken und dicke Euter. Dem Jungen ist das nur peinlich. Besonders dann, wenn Herr Fünfgeld erscheint, um den Horaz und seine jambischen Langverse durchzunehmen und Wolfram irgendetwas wie Arschficken dazu beisteuert.

Um seinen Bettnachbarn ruhigzustellen, beteiligt sich der Junge am täglichen Brötchenwettessen und nimmt dabei erheblich an Gewicht zu, das den späteren ersten Gehversuchen abträglich ist. Der Junge schafft fünf Brötchen. Wolfram bringt es zuletzt auf neun mit dick Butter und viel Salz drauf.

Eine besondere Eigenart von ihm ist das Ritual, sich täglich im Zimmer zu verstecken, bevor die Visite kommt. Zu Beginn hinter dem Paravent, später dann im Spind oder unter dem Bett des Jungen. Wenn dann die Ärzte und Schwestern gelangweilt eintreten und Erstaunen heucheln und rufen: Ja, wo ist denn unser Wolfram hin, kommt der lachend und sabbernd hervorgestürmt und kriegt sich nicht mehr ein. Er bekommt nicht mit, wie alle genervt sind und die Augen verdrehen. Nach ein paar Wochen wird Wolfram nach Hause entlassen. Die motorischen Probleme sind behoben, beim Kopf ist nichts zu machen, heißt es. Ein normales Leben sei für ihn nicht mehr möglich. Also wird Wolfram irgendwann heiraten und Kinder kriegen, eine Vereinsgaststätte eröffnen und NPD wählen.

Ein ganz anderer Bettnachbar ist Herr Schuster. Der gutaussehende Unternehmer erinnert an den damaligen Filmstar Carlos Thompson, und die Mutter ist ganz hingerissen und klimpert jedes Mal kokett mit den Wimpern, wenn sie kommt. Der neue Bettnachbar ist offensichtlich irritiert, mit einem Dreizehnjährigen das Zimmer teilen zu müssen, aber bald verstehen sich die Leidensgenossen gut. Herr Schuster hat ein Importunternehmen für Parfüm und Seife.

Er ist mit einer neurotischen Frau verheiratet und hat einen Sohn, Udo, der im Alter des Jungen ist. Gern würde es Herr Schuster sehen, wenn die beiden Jungs Freunde würden, aber alle Versuche, auch später, scheitern. Das Geld hat die verdorben, stellt die Mutter fest, nachdem sie ein Jahr später von einem der belanglosen Nachmittage in der Villa der Schusters von Königstein nach Hause fahren. Aber sie haben einen Pool, wenigstens etwas. Pool, Schmool, sagt die Mutter, die Bremsen haben mich fast aufgefressen!

Sein linkes Bein ist dünner als die Krücke, an der er die ersten mühsamen Gehversuche durchführt. Am wohlsten fühlt sich der Junge in seinem Rollstuhl, mit dem er es inzwischen zu großer Virtuosität bringt. Er flitzt durch den gesamten Klinikkomplex, kennt alle Wege und Abkürzungen. Eines Tages muss er erfahren, dass Herr Stern, sein Religionslehrer, mit spinaler Kinderlähmung eingeliefert wurde und eine Etage höher liegt. Der Junge fährt mit seinem Rollstuhl nach oben. Lehrer Stern liegt in einer eisernen Lunge, nur sein Kopf ragt hervor. Der Junge erkennt das liebe, gemütliche Gesicht mit den dicken Brillengläsern. Vor ein paar Monaten saß der Lehrer noch in Witzenhausen am Bett des Jungen. Stern kann nur leise und mühsam sprechen. Er berichtet, dass er sich mit aller Wahrscheinlichkeit die Kinderlähmung durch die unsäglichen hygienischen Verhältnisse auf der Toilette im Orientexpress geholt habe, als er in den Ferien mit dem Zug von Israel nach Deutschland fuhr. Kurz hinter Belgrad begannen seine Symptome.

Der Junge verbringt noch ein paar Nachmittage bei Herrn Stern, der nicht mehr gerettet werden kann und schließlich stirbt. Alle Kinder der Jüdischen Gemeinde sind sehr traurig über den Tod des beliebten Lehrers.

Als der Junge vor Ende des Schuljahrs zurück in seine Klasse kommt, spürt er von allen Seiten Sympathie. Doch Herr Fünfgeld hat schlechte Nachrichten. Rektor Dr. Herguth, von den Schülern »Herrgott« genannt, hat die Versetzung des Jungen abgelehnt. Es sei zu viel Stoff nachzuholen, viele Arbeiten seien nicht mitgeschrieben worden, eine weitere Runde in der Untertertia sei zu empfehlen. Jetzt schlägt die Stunde der Mutter. Sie bittet um einen Termin beim Rex und zieht die Judenkarte. Sie gibt ihm einen kurzen Abriss über das Schicksal ihrer Familie, beginnend 1492 mit dem Rauswurf aus Spanien, weiter über die Wanderungen mit Sabbatai Zwi 1648, die Massaker der Kosaken im 19. Jahrhundert bis hin zu den Konzentrationslagern. Ob es sich unter diesen fatalen Umständen nicht gehöre, bei einem jüdischen Schüler Gnade walten zu lassen, der ohne eigenes Verschulden mit einer schweren Verletzung genug gestraft wäre. Dr. Herguth knickt zähneknirschend ein. Er kann es sich nicht leisten, dass die Mutter die zweite Stufe zündet: Antisemitismusvorwurf und möglicherweise den Schritt an die Öffentlichkeit.

(Der Onkel erzählt in diesem Kontext gern folgenden Witz: Der Lehrer ruft bei Herrn Goldstein an und beschwert sich über dessen Sohn, den kleinen Moische. Der Vater müsse sofort in die Schule kommen, es gebe Probleme! Schweren Herzens schließt Goldstein seinen An- und Verkaufsladen am Bahnhof ab und kommt zur Schule. Stellen Sie sich vor, sagt der Lehrer, ich frage in der Klasse, wer hat »Faust« geschrieben? Da meldet sich doch Ihr Sohn und sagt: Ich habe ihn nicht geschrieben! Nu, sagt Herr Goldstein, ich weiß, Moische prügelt sich manchmal mit anderen oder er nimmt einem Kind mal was weg, aber eines macht er nicht: lügen! Wenn er sagt, er hat diesen »Faust« nicht geschrieben, dann hat er ihn nicht geschrieben! [Pause] Und falls er ihn doch geschrieben hat – er ist doch noch ein Kind!)

Intermezzo

Am Anfang gehören alle Gedanken der Liebe.
Am Ende gehört alle Liebe den Gedanken.
Albert Einstein

Hat sie nicht dahinten gewohnt? In dem geklinkerten Haus? War es schon immer geklinkert? Oder war es nebenan? Im ersten Stock. Seine erste große Liebe. Sie war sechzehn und so wunderschön. Dieses blasse, verletzliche Gesicht. Das lange, seidige, kastanienbraune Haar. Die großen, dunklen, stets erstaunten Augen. Der Schmollmund. Immer leicht geöffnet, so dass man die beiden entzückenden Hasenzähne sehen konnte. Dieses Gesicht! Wie aus einem exotischen Märchen. Und ihr Name ... Muriel Neuville! Sie spricht, wie sie heißt. Mit diesem entzückenden französischen Akzent, den sie kultiviert. Ihr Vater ist Bankdirektor und Konsul, die Mutter gleicht einer männermordenden blonden Diva mit Hochfrisur aus einem französischen Schwarzweißfilm. Eine Frau, die sich selbst genügt, die niemals lächelt. Er lernt das Mädchen auf einer Party kennen, als er mit der Band spielt. Sie gibt ihm sofort das Gefühl, dass sie sich für ihn interessiert. Es hat sich schnell herumgesprochen, dass er Jude ist. In diesen Jahren kokettiert er gern damit und streut es beiläufig ins Gespräch ein.

Ich als Jude sage dir ... Es gibt ihm etwas Besonderes. Etwas, das ihn unterscheidet von den anderen. Etwas, das Neugier weckt. Er wird bestaunt wie ein Eingeborener aus Papua-Neuguinea. Jude? Echt? Jude zu sein ist noch interessanter, als ein Moped zu besitzen. Als Jude ist man stets ein Gesprächsthema. Die jungen Deutschen wollen alles wissen über Juden. Ob sie wirklich so reich, so klug, so raffiniert, so besonders sind. Auch so sagenhaft gut im Bett!

Er geht jetzt mit Muriel. Zuerst Händchen halten, dann scheue Küsse. Dann leidenschaftliche Zungenküsse, gefolgt von ungelenkem Grabschen. Dann mehr, immer intensiver – bis auf das Letzte. Muriel ziert sich, aber auch der Junge ist unsicher. Er bringt sie zu sich nach Hause, stellt das Mädchen der Mutter vor. Die ist reserviert. Keine Jüdin, aber Gott sei Dank auch keine Deutsche. Seine Mutter ist tolerant. Sie ermöglicht dem Sohn sogar eine sturmfreie Bude an Friedas freiem Tag und geht ins Café. Bei den Neuvilles ein ähnliches Bild. Kein Franzose, tant pis, aber auch kein Deutscher. Dafür allerdings juif. Tant mieux. Die haben ja alle Geld und sind überdurchschnittlich intelligent! Auch die Neuvilles gestatten es, dass er Muriel besucht, selbst wenn sie aushäusig sind. So fummeln sie und küssen sich ein paar Monate lang und nennen es Liebe.

Dann, eines Tages, wird er in der großen Pause von einem aus der Parallelklasse angesprochen. Ein Junge, den er nur flüchtig kennt. Alexander Graf Waldberg zu Waldberg, ein schlaksiger Primaner, verarmter Adel aus der Rhön. Sein Vater ist Direktor bei den

Farbwerken Höchst. Der junge Graf hat ein Problem. Er braucht einen Arzt. Einen, der so Sachen macht, verbotene Sachen, verstehste. Der Junge weiß nicht, wie er da helfen soll. Ich zahle das alles, sagt der Waldberg, aber du musst es auf dich nehmen. Ich? Ja, du sollst sagen, dass du der Vater bist. Wenn meine Eltern davon was mitbekommen, ist alles zu spät. Nicht auszudenken. Ein mördermäßiger Skandal. Wir gehören der Aristokratie an. Ich weiß jetzt schon, wen ich mal heiraten muss. Der Junge ist unsicher. Was habe ich damit zu tun? Ich kenne deine Freundin nicht. Doch, du kennst sie, sagt der junge Graf, es ist Muriel!

Der Junge stürzt in einen Höllenschlund! Muriel! Die Hure! Bei ihm gibt sie die Züchtige, die Unschuldige. Wann habt ihr …? Ei, immer wenn du mit der Band unterwegs warst. Der Junge ist fassungslos. Soll er den Grafen fordern? Im Morgengrauen? Satisfaktion! Er geht zu seinem Klassenlehrer, sagt, er sei krank. Er läuft durch die Stadt, redet vor sich hin, spielt es durch, wie er sie ohrfeigt, wie sie sich vor ihm auf dem Boden windet, ihn anfleht, um Verzeihung winselt, sich an seinen Beinen festklammert. Wie er sich eiskalt löst, über sie hinwegsteigt und sie verlässt. Für immer. Wie er ein Schiff besteigt und nach Amerika auswandert.

Und wie er nach Jahren zurückkehrt, als Millionär, mit Rolls-Royce und im »Frankfurter Hof« logiert. Muriel lebt mit Kind im Asyl, von allen guten Geistern und vom Grafen verlassen.

Dann steht er irgendwann vor ihrem Haus. Er klingelt. Sie öffnet. Sie sagt: Chéri! Will ihn küssen. Nichts da! Er stellt sie zur Rede. Muriel läuft noch einmal zu großer französischer Form auf und liefert ihm eine beeindruckende Szene, die sein waidwundes Herz rührt. Das unschuldige Ding, verführt von einem adligen Unhold. Rotkäppchen meets Dracula. So kommt es, dass ihm der junge Graf Geld gibt und die beiden Teenager nach Bad Homburg fahren, zu einem Arzt, der so verbotene Sachen macht. Und der Junge ist auch noch stolz, dass man ihn für den Schuldigen hält, und lässt sich von dem Arzt als verantwortungslos und egoistisch beschimpfen. Anschließend bringt er Muriel mit dem Taxi nach Hause. Sie hat offiziell Menstruationsprobleme und bleibt ein paar Tage im Bett. Er besucht sie noch ein paarmal, wie sich das gehört. Als sie ihn fragt, ob sie denn weiter miteinander gingen, lügt er. Aber als sie ihn nach einer Woche anruft, lässt er sich verleugnen. Was ist los, fragt die Mutter. Es ist aus, sagt er, sie geht jetzt mit einem Grafen. Takisch? Ja! Siehst du, sagt die Mutter, die bringt es zu was!

Devarim – *Worte*

Gerechtigkeit erhöht ein Volk.
Aus der Thora

Der Junge ist achtzehn und vertut seine Zeit. Es gibt kein Studium, das ihn interessiert. Und Medizin ist nicht drin, bei seinem Schulabschluss, den er mit Hängen und Würgen geschafft hat. Einige seiner Freunde machen in Soziologie. Er verachtet die Bürgerlichkeit der sechziger Jahre. Aber auch der Kommunismus ist für ihn keine Option, wie für nicht wenige in seiner Umgebung. Obwohl er eine gewisse Gleichheit, im Sinne von Gerechtigkeit, befürwortet, möchte er ein Individuum bleiben und nicht in einer anonymen Masse aufgehen. Der Gedanke, seine Persönlichkeit für eine Idee oder eine Partei zu opfern, gefällt ihm nicht. Er genießt seine Freiheit, viele seiner Freunde beneiden ihn. Er lebt in den Tag hinein, in seiner Kellerwohnung in der Unterlindau, die zum illegalen Spielclub wird und zu seiner einzigen Einnahmequelle. Söhne von Neureichen verkehren hier, Kinder aus der besseren amerikanischen Gesellschaft. Auch viele Freunde kommen zu Pokerrunden. Das Dekor und die Rituale spielen eine wesentliche Rolle. Runde, mit grünem Filz bezogene Tische, tiefhängende Lampen, Chips und stets fabrikneue Kartendecks.

Der Junge trägt standesgemäß eine Schirmkappe, breite Hosenträger, über seine Hemdsärmel sind Ärmelschoner gespannt. Samstags spielt man Roulette, sonntags Backgammon. Es gibt Bourbon, Cola, Schweppes, 7 Up und Gin. Mädchen erscheinen selten. Einigen seiner Freunde überlässt er schon einmal die Wohnung für ein paar Stunden. Eines Tages kommt seine Mutter aus Frankreich angereist und macht ihm eine Szene. Sie schäme sich für ihn, er sei die größte Enttäuschung ihres Lebens. Andere Mütter hätten sich bei ihr beschwert, er würde ihre Kinder verderben, führe ein Casino mit Bordell! Er habe ihren guten Ruf zerstört. Die Mutter weint bittere Tränen. Er heuchelt Einsicht und gelobt Besserung. Aber es sind nur leere Worte. In Wirklichkeit hat er kein Mitleid und kein Schuldbewusstsein. Seit die Mutter den neuen Mann geheiratet hat und ein halbes Jahr im Ausland verbringt, ist ein Prozess der Entfremdung eingetreten. Die Vertrautheit zwischen dem Sohn und der Mutter ist für immer verloren. Es ist offensichtlich, dass die Mutter in einen Konflikt geraten ist. Der Junge hat versagt, hat ihre Erwartungen nicht erfüllt. Er verschleudert sein Talent, so kommt es ihr vor. Sie scheint machtlos. Dieses Unvermögen macht der Stiefvater ihr zum Vorwurf. Wäre der Junge sein eigener Sohn, dann würden andere Saiten aufgezogen. Fassungslos muss er mit ansehen, wie nachgiebig die Mutter mit dem Sohn ist und seinen verdorbenen Charakter nicht erkennt oder nicht sehen will.

Der neue Mann der Mutter ist ein knallharter Selfmademan. Das hat ihn geprägt. Für ihn zählt nur Geld. Er ist ein schlichter Mensch. Geizig, humorlos, ungebildet. Er stammt aus Lodz, hat den Krieg im Elsass bei Bauern versteckt überlebt und aus Dankbarkeit die Tochter der Familie geheiratet. Gemeinsam mit ihr hat er einen erfolgreichen Textilhandel in Strasbourg aufgebaut, dann wird er ein kinderloser Witwer. Er reist nach Frankfurt, um seiner langjährigen Kundin als Berater zur Seite zu stehen. Die Mutter hat sich an ihn gewandt. Sie möchte ihr Geschäft loswerden, es läuft nicht mehr gut. Der Versandhandel hat alles zerstört. Wer kauft heute noch an der Tür? Nur der Onkel ist ihr als einziger Teilacher geblieben und liegt ihr auf der Tasche. Der Mann aus Strasbourg verliebt sich in die Mutter. Die bleibt zurückhaltend, aber irgendwann klärt Vernunft die Gefühle. Durch die Unterstützung ihres neuen Partners ist sie mit einem Schlag ihre pekuniäre Sorge los. Der Sohn will das nicht verstehen. Im Gegenteil, er ist ungnädig. Seine Mutter hat ihre Seele verkauft. So sieht er es. Durch den Einfluss des ungeliebten Stiefvaters kann er nicht mehr länger auf die finanzielle Unterstützung seiner Mutter zählen und muss sein Bohemeleben aufgeben. Aber was tun?

Eine enge Freundin der Mutter ist Miteigentümerin und Verlegerin der *Frankfurter Rundschau*. Sie ist die Witwe des Gründers. In der Vergangenheit hat der Junge die kleine, dickliche Frau mit ihren blonden Locken kaum wahrgenommen, obwohl sie stets freundlich und dem Jungen zugewandt ist. Sie spricht ihn irgendwann an, bittet ihn, ihr bei der Einrichtung ihrer neuen Bibliothek behilflich zu sein. Sie hat ihre Villa in der Zeppelinallee aufgegeben, ist in eine Etagenwohnung gezogen und muss ausmisten. Das macht dem jungen Mann Freude. Jeden Tag steht er auf der Leiter, vergisst die Welt um sich herum. Er verliert sich nicht selten in wunderbaren Büchern, oft in Judaica. Aber auch in Fuchs' Sittengeschichte, in der es viele delikate Illustrationen zu sehen gibt. Wochenlang ordnet und katalogisiert er die umfangreiche Büchersammlung und darf sich als Lohn Bücher aussuchen, auch antiquarische, wertvolle. Die Frau ist generös. Das Verhältnis zu seiner Gönnerin wird intensiver. Sie scheint seine kritische Lebenshaltung sogar zu verstehen. Sie weckt sein Interesse am Journalismus und bietet ihm in ihrer Zeitung eine Ausbildung an. Viel später wird dem Jungen bewusst, dass dies Teil eines Plans war, den die Frauen ausgeheckt hatten.

Der Junge arbeitet jetzt bei der Zeitung. Zu seiner Enttäuschung landet er nicht in der Redaktion, wie er es erwartet hat, sondern ackert im Vertrieb, in der Anzeigenabteilung, in der Setzerei und auch unten in der Kohlenmine, der Rotation.

Von der Pike auf, nennt man das zu dieser Zeit. Auch seine persönlichen Beziehungen zur Verlegerin nützen ihm nichts. Im Gegenteil. Er wird in den ersten

Monaten als ihr Protegé schief angesehen. Erst zwei Jahre später sitzt er endlich als Volontär in der Lokalredaktion.

Diese Jahre stehen ganz im Zeichen der Frankfurter Auschwitz-Prozesse. Und diese wiederum finden nur statt, weil es einen Mann gibt, der sie gegen alle Widerstände durchsetzt. In der Wohnung der Verlegerin lernt der junge Volontär Dr. Fritz Bauer kennen, den hessischen Generalstaatsanwalt. Dr. Bauer, ein überragender Jurist und vor 1933 der jüngste Richter im Deutschen Reich, hat einen steinigen Weg zu gehen; eine solche Karriere ist für einen jüdischen Sozialdemokraten außergewöhnlich. Bereits 1936 emigriert er nach Dänemark. Nach der Besetzung durch die Wehrmacht flieht Bauer nach Schweden, wo er gemeinsam mit Willy Brandt die Zeitung *Sozialistische Tribüne* herausgibt. Die ersten Nachkriegsjahre verbringt Bauer wieder in Dänemark. 1950 holt ihn der damalige SPD-Ministerpräsident Zinn nach Frankfurt und macht ihn zum Generalstaatsanwalt von Hessen. Der Kettenraucher Bauer ist ein sensibler, hochgebildeter Mann. Ein Ästhet und Schöngeist, dem man aus diesen Gründen homosexuelle Neigungen nachsagt. Seine Gegner nutzen perfide alle Möglichkeiten, ihm zu schaden und seine Reputation in Frage zu stellen.

Er muss erkennen, dass die schrecklichen Nazijuristen nicht zur Rechenschaft gezogen werden, sie nach dem Krieg ihre Arbeit unbeschwert fortsetzen und es genau diese Kollegen sind, die ihm das Leben zur Hölle machen. Sie unterlassen nichts, die Aufarbeitung und die geplanten Verfahren zu verhindern. Deshalb sagt er einmal: Wenn ich mein Büro verlasse, befinde ich mich in Feindesland!

Trotz aller Widerstände lässt sich Bauer nicht von seinem Weg abbringen und die ersten Naziprozesse der fünfziger Jahre können nur aufgrund seiner akribischen Vorbereitung, seiner Unbestechlichkeit und seines unbeirrbaren Willens stattfinden. Er schreibt:

»Das deutsche Volk braucht eine Lektion im geltenden Völkerrecht. [...] Die Prozesse gegen die Kriegsverbrecher können Wegweiser sein und Brücken schlagen über die vom Nationalsozialismus unerhört verbreitete Kluft zwischen den Deutschen und den Völkern, die unter dem NS-Regime gelitten hatten bzw. am opferreichen Krieg gegen Hitler-Deutschland beteiligt gewesen waren. Die Prozesse können und müssen dem deutschen Volk die Augen öffnen für das, was geschehen ist, und ihm einprägen, wie man sich zu benehmen hat.«

Das Misstrauen gegenüber seiner eigenen Behörde ist bei Fritz Bauer dermaßen ausgeprägt, dass er die Erkenntnisse seiner Recherche in Sachen Adolf Eichmann direkt an den israelischen Geheimdienst Mossad weitergibt und dieser den Vollstrecker der Endlösung in Argentinien festnehmen und außer Landes schaffen kann. Ohne die Unterstützung von Fritz Bauer hätte es den epochalen Eichmann-Prozess in Jerusalem vermutlich nie gegeben.

All dies ist dem jungen Volontär bekannt, als er Bauer kennenlernt, und es nötigt ihm großen Respekt ab. Ende der fünfziger Jahre, so berichtet Bauer, steckt ihm ein Journalist Akten zu, die dieser bei einer Recherche entdeckt hat. Ein KZ-Häftling, ein Zwangsarbeiter, hat verkohlte Aktenblätter aus dem brennenden Breslauer Bezirksgericht mitgenommen. Es sind Erschießungslisten aus dem Lager Auschwitz, die detailliert die Tötung von Häftlingen dokumentieren. Unterzeichnet sind sie vom Lagerkommandanten Rudolf Höß und dessen Adjutanten. Nachdem Höß bereits in Polen verurteilt und hingerichtet wurde, nachdem der satanische KZ-Arzt Dr. Mengele vermutlich in Südamerika lebt, macht Bauer sich daran, die zweite Garde vor Gericht zu bringen. Als der Generalstaatsanwalt von seiner Absicht berichtet, eine Vielzahl von Auschwitz-Tätern in Frankfurt zur Verantwortung zu ziehen, gelingt es der Verlegerin, vier ständige Presseplätze zu bekommen. So erlebt auch der junge Volontär einige dramatische Tage beim Auschwitz-Prozess.

Es ist schwer zu ertragen, wie unmenschlich die Verteidigung mit den Zeugen umgeht. Die sollen Sachverhalte erinnern, die zwanzig Jahre zurückliegen und die sie in Todesangst überlebt haben. Sie werden verunsichert und eingeschüchtert, in einem schnarrenden Herrenmenschenton abgefertigt, man unterstellt ihnen, zu lügen oder ihre Erinnerungen zu verfälschen. Viele der Zeugen kommen aus Israel und hatten nicht die Absicht, jemals wieder deutschen Boden zu betreten. Als Bauer sie davon überzeugen kann, dass sie damit eine Pflicht gegenüber den Ermordeten erfüllen würden, geben sie ihren Widerstand auf. Aber selbst der Generalstaatsanwalt kann nicht verhindern, dass sie in Frankfurt vor Gericht respektlos und unwürdig behandelt werden.

Die zwanzig Angeklagten lügen dreist, reagieren durch die Bank überheblich und zynisch, berufen sich auf den Befehlsnotstand. Einige geben nach erdrückender Beweislast zu, getötet zu haben, aber schließlich seien sie nur einfache Soldaten gewesen und hätten einem Führerbefehl Folge geleistet. »Nicht ich, Hitler war's« ist ein Satz, der damals die Runde macht. Schließlich werden die sechs Hauptangeklagten zu lebenslangen Haftstrafen verurteilt. Elf erhalten Strafen zwischen drei und vierzehn Jahren, drei werden freigesprochen.

Fritz Bauer bekommt Drohbriefe, obszöne Anrufe, wird immer wieder als Nestbeschmutzer angefeindet, gern auch von seiner eigenen Zunft. Obwohl er einen Orden verdient hätte, verübelt man ihm, dass er den »Deckel von der Kloake« genommen hat, wie er es nennt:

»Wenn die Prozesse einen Sinn haben, so ist es die unumgängliche Erkenntnis, dass Anpassung an einen Unrechtsstaat Unrecht ist. Wenn der Staat kriminell ist, weil er die Menschen- und Freiheitsrechte, die Gewissensfreiheit, das Recht auf eigenen Glauben, auf eigene Nation und Rasse, das Recht

auf eigenes Leben systematisch verletzt, ist Mitmachen kriminell. Alle Strafprozesse, die seit 1945 wegen nazistischer Verbrechen an Geisteskranken, Juden, Zigeunern, Polen, Russen und so weiter eingeleitet wurden, beruhen auf der allseits anerkannten Grundlage, dass die Mitwirkung an der Durchführung verbrecherischer Gesetze und Befehle nichts anderes als Mord, Totschlag, Freiheitsberaubung, Körperverletzung und so weiter gewesen ist. Mitmachen ist rechtswidrig und strafbar; passiver Widerstand wird gefordert; er ist rechtmäßig. Unsere Strafprozesse gegen NS-Täter beruhen ausnahmslos auf der Annahme einer Pflicht zum Ungehorsam. Dies ist der Beitrag dieser Prozesse zur Bewältigung des Unrechtsstaates in Vergangenheit, Gegenwart und Zukunft.«

Für den Jungen ist der Auschwitz-Prozess von immenser Wichtigkeit im Hinblick auf sein zukünftiges Leben. Wie können Menschen auf Befehl zu Mördern werden? Gibt es kollektive Unmoral? Kann das mit jedem geschehen? Das sind die Fragen, die immer wieder Einfluss auf seine Arbeit und seine Themen haben. Wie laufen gruppendynamische Prozesse ab? Gibt es neben der Schwarmintelligenz auch Schwarmblödheit? Lassen sich Verantwortungsgefühl, Vernunft, Moral, Gewissen so einfach ausschalten wie eine Nachttischlampe?

Nach dem Abschluss der Prozesse gibt die Verlegerin ein Abendessen für Fritz Bauer und lädt auch ihren Schützling ein. Es gelingt ihm, dem Generalstaatsanwalt ein paar Fragen zu stellen, so auch zum Thema Schuld.

Nein, sagt der Generalstaatsanwalt, um die Vergeltung von Schuld geht es mir nicht. Es sind Lernprozesse, die ich in Gang setzen will. Sie sollen zur Bewusstseinsbildung beitragen. Die Deutschen benötigen Nachhilfe in Geschichte, Recht, aber auch in Moral. Dann erläutert Bauer den Kern des Problems, indem er sagt: Die physische Vernichtung von Millionen von Menschen war nicht das Werk einzelner Täter. Es war die Verwirklichung einer Gesinnung. Die Deutschen sind kein irregeleitetes, verführtes und somit entschuldigtes Volk. Hitler hatte recht, als er sagte, es sei eine »Bewegung aus dem deutschen Volke heraus«.

Der Judenhass resultierte aus Neid, Untertanengeist und Machtverherrlichung des Deutschtums. Das alles ist in den Naziverbrechen zum Ausdruck gekommen und hat seine Wurzeln tief in der deutschen Geschichte.

Wie gehen Sie mit dem Vorwurf der Nestbeschmutzung um, will der Junge wissen.

Bewältigung unserer Vergangenheit, sagt Bauer, heißt Gerichtstag halten über uns selbst, über die gefährlichen Faktoren in unserer Geschichte, nicht zuletzt über alles, was inhuman war. Ich sehe darin keine Beschmutzung des eigenen Nestes; ich möchte annehmen, das Nest werde dadurch gesäubert.

Glauben Sie, dass die Deutschen immer noch anfällig sind?

Ja, meint Fritz Bauer daraufhin, leider. Sie sind noch nicht immunisiert gegen totalitäre Anfechtungen. Sie sind noch recht minderbemittelt, was Zivilcourage betrifft.

Und, haben Sie Hoffnung?

Fritz Bauer lacht und zieht an seiner Zigarette.

Ich bin ein unverbesserlicher Aufklärer. Mendelssohn und die beiden Lessings bilden meinen Kompass. Ich hoffe, dass wir in den Schulen und in den Medien Aufklärung betreiben können. Denn solange die Deutschen ihre Vergangenheit nicht kennen oder nicht kennen wollen, bleibt unsere Demokratie instabil. Nur wer sich der Vergangenheit stellt, hat eine Zukunft.

Als er zwei Jahre nach dieser Begegnung vom überraschenden Tod Fritz Bauers erfährt, ist er tief erschüttert. Sein Tod im Alter von nur fünfundsechzig Jahren bleibt rätselhaft. Einige sprechen von Unfall, andere von Tablettenmissbrauch, sogar von Selbstmord. Für den Jungen, inzwischen ein angehender Journalist, ist es klar: Der Generalstaatsanwalt ist an gebrochenem Herzen gestorben!

Chaim – Leben

Das Leben kann nur nach rückwärts schauend verstanden,
aber nur nach vorwärts schauend gelebt werden.
Søren Kierkegaard

Der Junge ist nun schon seit über einer Stunde zu Hause. Er wird essen, dann oberflächlich seine Aufgaben erledigen. Kurz vor Ende des Schuljahres geht es nicht mehr allzu streng zu. Er wird die Aufnahmeprüfung für das Gymnasium schaffen. Er wird im Leben Umwege gehen, wird sich in Abenteuer stürzen, wird lieben und geliebt werden. Wird Freunde finden und Feinde. Er wird einen Sohn bekommen und eine tiefe ehrliche Liebe finden. Es wird ein gutes Leben sein, trotz vieler Rückschläge und Schmerzen. Und trotz des dramatischsten Verlustes.

Es ist fast Mitternacht, als der Anruf aus Strasbourg kommt. Sind Sie der Sohn, fragt ein Hauptmann der Gendarmerie. Ja, antwortet der Junge, der nun ein Mann von über fünfzig Jahren geworden ist. Wir haben eine traurige Nachricht. Ihre Mutter hat sich vor etwa zwei Stunden aus dem Fenster ihrer Wohnung gestürzt. Sie war sofort tot. War es ein Unfall? Nein. Es war kein Unfall, Monsieur. Können Sie bitte morgen im Laufe des Tages kommen und sie identifizieren? Woher wissen Sie, dass es kein Unfall war? Ich erwarte Sie morgen. Bonne soirée, Monsieur! Er steigt noch in derselben Nacht in sein Auto und fährt nach Strasbourg.

Auf der Revierwache bekommt er eine kleine Plastiktüte. Darin der Wohnungsschlüssel, ein Ring, ein goldenes Halskettchen mit einem Davidstern. Er bestätigt den Empfang und lässt sich den Weg zum Gerichtsmedizinischen Institut beschreiben.

Ein Mann zieht eine Schublade in der Kühlanlage auf und die Räder einer Bahre klappen nach unten. Darauf liegt die Mutter. Sie ist von überirdischer Schönheit, trotz ihrer fünfundachtzig Jahre. Ohne Falten, entspannt. Keine Verletzung ist zu sehen. Es ist, als ob sie schliefe. Er küsst sie auf die kalte Stirn, zieht sich einen Hocker heran, setzt sich, redet mit ihr. Warum hast du das getan, fragt er. Wollte sie ihn damit strafen? Er weiß es nicht. Sie war zwar wieder Witwe, doch sie haben sich selten gesehen in den letzten Jahren. Er muss sich dazu durchringen, sie jeden Sonntag anzurufen. Sie ist stets vorwurfsvoll, beklagt sich. Wie einsam sie sei, wie krank. Und keine ihrer alten Freundinnen würde anrufen. Dann ruf du an, schlägt er vor. Ich? Wieso soll ich mich melden, antwortet sie erbost. Bei allem, was ich für die getan habe? Die müssen anrufen! Sie ist unnachgiebig. Das ganze Leben ist für sie ein einziges Geschäft. Das duale Prinzip. Man gibt, man nimmt. Und irgendwann bleiben die anderen einem etwas schuldig. So sieht sie es. Auch ihr Sohn hat seine Schuld nicht beglichen.

Er steht vor dem Haus, kennt den aktuellen Türcode nicht. Eine Nachbarin ist behilflich. Er betritt die verwaiste Wohnung. Es fällt ihm schwer. Die Möbel, die Teppiche, die Bilder, die Spitzendeckchen, der Brokatläufer auf dem Glastisch. Die Menora, die Familienfotos neben dem Telefon. Er mit den Eltern, als Kind. Der Geruch der Möbelpolitur, der Mottenkugeln. Die Küchentür steht offen, alles picobello. Hast du dir die Hände gewaschen, hört er sie fragen. Er ist über fünfzig!

Es war ein spontaner Entschluss. Niemals hätte sie ihr Schlafzimmer so unordentlich zurückgelassen. Am Fenster steht die Trittleiter. Er geht zum Fenster, beugt sich über die Geranien, schaut auf den Innenhof. Ihr letzter Blick, bevor sie diese Welt verlässt. Warum hast du mir das angetan? Er kann heute Nacht hier nicht bleiben. Um die Ecke am Kanal gibt es ein Hotel.

Er geht zur Jüdischen Gemeinde, spricht mit dem Rabbiner, mit der Chevra Kaddischa, muss die Beerdigung organisieren und ein paar Leuten Bescheid sagen. Seine Frau kommt, sein Sohn aus den USA. Ein paar Cousins. Einige Bekannte der Mutter, selbst schon alt, manche hinfällig. Und dann taucht plötzlich Marian auf, der verloren geglaubte Freund! Nach über dreißig Jahren! In jedem Unglück verbirgt sich auch ein wenig Glück. Die Freunde reden. Deine Mutter wollte nicht mehr. Sie war des Lebens müde. Mach dir keine Vorwürfe. Sie wollte dich sicher nicht bestrafen mit ihrem Tod. In solch einem Moment ist man nur noch bei sich.

Mutter ist in ihrer letzten Lebensphase religiös geworden. Versuchte, sich im Theater Gottes noch einen Logenplatz zu sichern. Mich aber hat das Leben unreligiös gemacht. Heute denke ich mit Milde an die

Mutter. Werde erst einmal alt, hat sie stets gesagt. Man kann es sich nicht vorstellen, bevor man es nicht selbst erlebt. Wie recht sie hatte.

Es ist kühl geworden. Ich schaue noch ein letztes Mal nach drüben auf die andere Straßenseite. Gleich wird der Junge aus dem Haus kommen. Er wird ein Holzschwert dabei haben und durch den Vorgarten laufen, um Marian abzuholen. Sie werden über die Ulmenstraße rennen, über den Zaun klettern, auf das Trümmergrundstück. Die „Pequod" wird den Hafen verlassen, aufs offene Meer segeln und sich auf die Jagd nach dem weißen Wal machen.

ENDE

*Ich gehe langsam aus der Welt hinaus
in eine Landschaft jenseits aller Ferne
und was ich war und bin und was ich bleibe
geht mit mir ohne Ungeduld und Eile
in ein bisher noch nicht betretenes Land*

*Ich gehe langsam aus der Zeit heraus
in eine Zukunft jenseits aller Sterne
und was ich war und bin und immer bleiben will
geht mit mir ohne Ungeduld und Eile
als wär ich nie gewesen oder kaum*

    Hans Sahl